JN112528

百人一首の歴史学

関 幸彦

吉川弘文館

はしがき

「小倉百人一首」といえば、やはり王朝の華やかなイメージだろう。代表的な歌人がすぐに思い浮かぶ読者もいるにちがいない。かつて古典の教科書で習い覚えた歌も少なくないはずだ。何より、一昔前まで正月の主役は、「百人一首」カルタだった。

「小倉百人一首」の成立は一般に鎌倉時代とされ、藤原定家の撰として知られている。ここには天智天皇から順徳院まで、古代から中世の歴史上の人物たちが登場する。七世紀から一三世紀までの各時代の歌人たちの顔ぶれをながめることで、それぞれの時代の諸相が見えてくる。

本書では、その「百人一首」を材料に、王朝時代史を読み解いてゆきたい。併せてそこに登場する歌人たちを介して、かれらの生きた時代を考えることも射程に入っている。

総じて、時代を超えて継承されてきた文化の力が日本人の精神や思想にどのような作用をもたらしたかを「百人一首」から考えてみたい。別言すれば、語り継がれた王朝の記憶なるものについて歴史学的に探ることである。

こうした問題は「百人一首」を通して、中世の母胎となる王朝時代の認識のされ方を探ることにも繋がるはずだ。歴史認識といえば難しく聞こえるが、われわれが過去とどう向き合うかを考える材料とでもいいかえることができようか。

そうはいっても、「百人一首」はやはり王朝文化を今に伝える珠玉の宝庫である。〝権門めくり〟〝女房(にょうぼう)めくり〟あるいは〝坊主めくり〟とカルタ遊びを通じ、人口に膾炙(かいしゃ)している詠み手の足跡にふれることも興味深い。

主題に即して登場するかれらの来歴を語りながら、王朝時代の実相にふれてみたい。切り口は四つ。「神と人」「男と女」「都と鄙(ひな)」「虚と実」。各テーマの意図は本文にゆずるが、古代から中世への移行期の社会の諸相を歌、あるいは人物を介し読み解くことが眼目となる。もとより、欲張りは禁物だ。限られた紙数で百首・百人すべてを網羅し、解説することはできない。その限りでは、右の主題に即して、筆者のセンサーに反応した歌人たちを取り上げることになる。

以上のことをふまえ、「百人一首」の世界に潜り込もうと思う。

目　次

※個々に所蔵先を明示しなかった「百人一首カルタ」は、日本大学文理学部図書館のご好意により掲載した。

Ⅰ　「百人一首」の時代

「百人一首」とは何か。このことを考えるための前提として基礎的なデータを提供しておきたい。「百人一首」の概容、さらには成立事情や内容についての情報である。「百人一首」を全体として理解するための助走とし、「百人一首」の世界を、少し異なる角度から見直してみたい。

この章での課題は、入門的な知識をふまえながら、「百人一首」と不即不離の関係にある王朝時代について考えることだ。これまでの国文学の実りある成果を取り入れながら、「百人一首」を誕生させた中世の時代性について考えたい。主要な歌人たちが活躍した王朝時代とは、どのような時代であったのか。Ⅱ章以下のアプローチとしたい。

〝中世の春〟の周辺

「王朝文化の総決算」「王朝貴族の自己省察の決定版」など、「百人一首」の本質をあぶり出そうとする解答はある。「何か」との問いに直接答える前に、ともかく周辺部をザックリと耕すことで、「百人一首」の時代を考えたいと思う。

世紀	7	8	9	10	11	12	13	14
時代	飛鳥	奈良	平安				鎌倉	室町
出来事	天智天皇即位	律令制を制定	遣唐使廃止	唐滅亡	藤原氏の摂関政治全盛	保元の乱	承久の乱 百人一首成立	室町幕府成立
				中世の春			中世の秋	

登場する歌人たちは、天智天皇から順徳院までの約五六〇年間にわたる。歌人として著名な百人を撰び、各一首ずつを撰修したものだ。年代順に配された歌人たちの顔ぶれは、そのまま王朝時代の代表的詠み人たちのラインナップを伝えてくれる。

〝天皇めくり〟〝権門めくり〟〝女房めくり〟あるいは〝坊主めくり〟と、カルタ遊びで共有されたイメージのさまざまは、王朝の語感をほどよく焙り燻することに役立っている。その意味では『源氏物語』などとともに、王朝イメージの豊かさに貢献しているようだ。

「百人一首」の歌人の多くは平安時代に位置する。平安時代の中期以降は、一般に中世という時代枠で理解されるようになってきている。その意味では王朝の世界に彩りをそえる「百人一首」の歌人たちの多くは、中世の入り口に位置していることになる。いわば、〝中世の春〟ともよびうる時代枠に重なっている。

平安時代をつつむこの時期は、ゆっくりとした文化史上の転換期だった。奈良時代をピークとする律令的古代は、大きく変化する。中国（唐）をお手本としたわが国の文明主義の方向が、平安時代に入るころから変わり始める。一〇世紀初頭の東アジア世界の変貌（唐の滅亡）のなか、日本をふくむ周辺諸国にも文化レベルでの新しい傾向が登場する。国風文化としてよび慣わされている流れもこれに対応する。

中国的な修史事業、六国史の最後『三代実録』は延喜元年（九〇一）に完成。外向きの国家の姿勢は、遣唐使廃止によって内向きへと転換する。延喜五年の『古今和歌集』の勅撰はその象徴だろう。漢文ではなく和歌という形でこれを実現したのは、文字における民族的自我の確立ということになる。その意味では国家の修史事業は、六国史から勅撰和歌集の編纂事業へと変わったともいいうる。和歌はまさに内向けのアピール声明としての性格をもつことになる。

「花に鳴く鶯、水に住む蛙の声を聞けば、生きとし生けるもの、いづれか、歌を詠まざりける」と仮名の序文で掲げた『古今和歌集』は、そうした感性の象徴だろう。「百人一首」に収載されている歌の多くも、当然ながら、この『古今和歌集』的余光の延長にあった。別に述べるように、「百人一首」収載歌中における勅撰集の割合は『古今和歌集』が群を抜く。

「百人一首」の撰者たる藤原定家とその時代の歌人たちにとって、『古今和歌集』に代表される平安王朝の時代はどのように映じていたのか。当然ながら、歌人たちの選択や配列もふくめ、「百人一首」

には定家自身の編纂意図が投影されているはずだろう。そこには、定家個人の意思を超えて「鎌倉時代」が「平安時代」をどう見たのか、という問題も浮かび上がってくるのではないか。

そうしたことをふまえるならば、「百人一首」は王朝の記憶の再生だともいえる。定家にとって、「百人一首」の歌人たちの存在は、かれが身をおく王朝の原点に位置づけられるもので、定家の時代に台頭した武家的なるものの混入を許さぬ世界だった。その限りでは定家にとって「百人一首」とは、王朝の記憶を汲み上げる営みだった。天皇（天智）に始まり、天皇（順徳）で終わるという構成が何を意味するかはこれまた解釈の幅があるだろうが、武家とは隔絶された王朝の姿を歴史に伝えようとしたのではなかったか。

王朝の雅（みやび）への回帰という、過ぎ去りし古（いにしえ）を再生する試みは、平安中期の〝中世の春〟を起点に、その後もつづけられた。だが、定家あたりから始まる「歌学」の「家学」化の流れのなかで、古今伝授（こきんでんじゅ）的世界に沈淪（ちんりん）するようになったこともたしかである。それはまた〝中世の秋〟ともいうべき室町という時代の特色の一つだった。

それでは、「百人一首」を生み出す王朝文化の土壌とはいかなるものであったのか。それを国風文化の面からながめれば、一つは文化の融合性であり、一つは自立性という表現で理解できそうだ。前者については、外来的要素と伝統的要素の融合として、この時期の文化をとらえうる。外来の律令的文明主義と基層の伝統的文化主義の結合が王朝文化形成の条件を与えた（義江彰夫『歴史の曙から伝統社会の成熟へ』〈日本通史1〉）。仮名の形成にともなう漢語と和語の融合に見る独自の表現形式は、その象徴ともいえる。

そのことを「百人一首」で考えると、ここに登場する歌人たちは中央貴族の権門(けんもん)あり、地方官たる受領(ずりょう)クラスあり、さらに出家の桑門(そうもん)の人々あり、あるいは宮廷女房ありという具合である。かれらは一方で王朝文化の担い手でもあったわけで、その肩書を通じてたしかめうる詠み手の多様性に注目できると思う。

例えば、詠み手のなかに登場する中下級貴族たる受領たちであり、かれらを縁者にもつ女房たちの存在だ。一般民衆とは一線を画するかれらが登場することで、都鄙(とひ)往還の政治レベルの流れが文化にも反映され、中央と地方の交流・融合が見られることは重要だろう。

このことを和歌それ自体に即していえば、都と鄙の交流が歌枕(うたまくら)・名所(などころ)を通じて達成されていることである。ただし詠み手と詠まれる対象（地域）の多様化が見られるとはいえ、おのずと限界もあった。だが他方で、国家と社会とのあいだに埋め難い距離が横たわっていた古代の時代とは異なり、この王朝の時代、両者の溝が埋まりつつあったことは疑いない。

律令的文明主義を是とし、これを外来文化として受容した古代的世界は大きく変化した。伝統的な基層文化との結合を可能にさせる条件が生まれたのである。外来文化と基層文化の融合という中世の到来を予想させる。

そしてそれは、二つ目の文化の自立性とも連動する。前代の『万葉集』的世界が、天皇から農民までの幅広い階層を動員し、生活に根ざした世界を反映させたとすれば、「百人一首」は明らかに次元を異にする。

万葉的世界にあっては、歌は文化という形で自立・自覚化されていない。文化としての無自覚性は否定できない。その素朴さに注目し、そこに価値を見出すことは自由だとしても、詠み手の歌に対するかかわり方や姿勢が平安期とは異なる。そこには生活から分離された洗練された世界があった。王朝期の「ことわざしげき」（ものごとが気ぜわしくなること）時代のなかで『古今和歌集』が指摘する「鬼神をもなごます」所為として、ことばを通じて精神を剛磨しようとする方向といえる。その限りでは、和歌の自覚的効用にはやはり時代の成熟が必要となる。

例えば「百人一首」では、感情を言説化するために多くの修辞的表現が用いられている。好みか否かは別にしても、詠み手の感情の醸し出し方が巧みであることはまちがいない。とりわけ恋の歌には、詠み手の情念の紡ぎ方が理知的であり、それだけに詠じ方に豊かさが反映されている。

「百人一首」の成立事情

まずは、「百人一首」の骨格である。辞典から引用すれば、次のようになろうか。

> 藤原定家撰の秀歌撰。天智天皇から順徳院までの歌仙一〇〇人から各一首を撰ぶ。蓮生（宇都宮頼綱）の依頼によるか。成立・構想・配列を論じる諸論があり、「百人秀歌」との関係は未決着。

定家の秀歌観・和歌史観の反映であり歌仙思想を継承したもの。室町以降の注釈書・類書は夥しく、後世への影響は多大。

（永原慶二監修『岩波日本史辞典』）

右の辞典の記述の多くは、定家の日記『明月記』文暦二年（一二三五）五月二七日条に依拠したものと思われる。

予、本ヨリ文字ヲ書ク事ヲ知ラズ、嵯峨中院ノ障子ノ色紙形、故ニ予書クベキノ由、彼ノ入道懇切ナリ、極メテ見苦シキ事トイヘドモ、ナマジヒニ筆ヲ染メテ之ヲ送ル、古来ノ人ノ歌各一首、天智天皇ヨリ以来、家隆・雅経（卿）ニ及ブ　（原漢文）

かつて江戸時代の安藤年山（為章）が、「年山紀聞」（元禄一五年）で紹介して以来、「百人一首」の成立事情を語るさいには必ず引用されるものだ。

右の『明月記』に見える「予」とはもちろん定家自身で、当時七四歳。「彼ノ入道」とは関東の有力御家人宇都宮頼綱（蓮生）で当時六四歳。定家の息子の為家はこの蓮生の娘婿であった。

そうした点をふまえて日記の内容を見ると、ここには「百人一首」の名はないが、①定家が為家の岳父蓮生の求めに応じ、嵯峨中院山荘の障子の色紙形（屏風や障子などに色紙の形の輪郭を描いたなかに詩歌などを書いたもの）を作成したこと、②色紙形にしたためた歌は、天智天皇から家隆・雅経（ともに定家と同時代の公卿・歌人）までのものであったこと、が読み取れる。

①では動機が、②ではその中身が指摘されている。①からは、「百人一首」はもとは蓮生の中院山

荘にあったものらしいことがわかる。娘婿たる為家が山荘を譲与された結果、為家の子孫へと継承されたのかもしれないとの推測が成り立つ。ただし、この推測とは別に、定家自身の小倉山荘に色紙があったとする理解もあって、この点に関しては、両者の関係もふくめ議論がある。

辞典の内容と対比すれば、大枠で『明月記』のこの記事とつながるはずだ。ただ、日記には「百人一首」の表現が見られないこと、配列・構成が天智から家隆・雅経とあり、現今のように後鳥羽院・順徳院となっていないことは注目される。

名称に関していえば、今日の研究によると、「百人一首」の呼称が定着したのは定家の時代ではなく、室町期の応永年間あたりが史料上の初見とされる（有吉保「百人一首の書名成立過程について」、同全訳注『百人一首』）。

また、配列・構成の相違に関しては、一九五一年に「百人一首」と類似する定家撰の「百人秀歌」（流布の「百人一首」とは四首ちがうが、内容は同じ。「嵯峨山庄色紙形、京極黄門撰」の内題をもつ）の存在が紹介され、あらためて、定家の「百人一首」へのかかわりが指摘されている。

ただし、後鳥羽・順徳両院をもって最後とする配列を確立させたのは、定家自身の遺志を反映させた為家あたりとされる。

というのも、定家の編纂にかかる『新勅撰和歌集』（後堀河天皇の勅命で定家が撰した。一二三五年成立）では、定家の意図に反し、鎌倉側への配慮から後鳥羽院・順徳院の歌など百首ほどが削られた。

そうした関係で、定家の遺志を継ぐ形で息子の為家あたりが後鳥羽・順徳両院の歌を加えた可能性も指摘されている。ただし、そうだとしても、「百人一首」自体の構想は、定家によるものであった点は動かない（なお「百人一首」の研究の論跡については、大坪利絹ほか編『百人一首研究集成』が成立、性格、解釈の三編に分け、個別研究論文を収録しており便利である）。

どんな歌が多いか——「恋」あるいは「秋」

以上で「百人一首」の何たるかの大枠は理解できたと思うが、次にその内容に入ってみたい。いうまでもなく、歌それ自体と、これを詠じた作者たちの問題である。

まず別表Ⅰをご覧いただきたい。「百人一首」で「恋」を主題にしたものが、実に多いということが読み取れよう。男女間の情念のやり取りから垣間見える定家流の「高く麗しい姿」への意識が浮かび上がってくる。そこでは、かつての『万葉集』のような素朴なストレートな表現は影をひそめている。感情のなまなましきは、〝みやび〟からは遠いとされたのだろう。

恋の歌に関しては四三首のうち女性が一四首という数だが、「百人一首」の男女比七九対二一からすれば、男子を圧倒する数といえる。そこには、詠嘆（えいたん）、怨嗟（えんさ）、慕情（ぼじょう）、後朝（きぬぎぬ）（共寝した男女の翌朝の別れ）などに集約される恋の世界がつづられている。

「恋」の歌につづいて多いのが四季の歌である。三二首と三割を上まわっており、王朝時代の勅撰集の一般的傾向と一致するようだ。そのうち「秋」を詠じたものが一六首とほかの季節を圧倒してい

〈別表Ⅰ〉（鈴木知太郎『小倉百人一首』より）

部立		歌数	性別		歌の番号
四季（32）	春	6	男	4	15 33 35 73
			女	2	9 61
	夏	4	男	3	36 81 98
			女	1	2
	秋	16	男	16	1 5 17 22 23 29 32 37 47 69 70 71 79 87 91 94
			女	0	
	冬	6	男	6	4 6 28 31 64 78
			女	0	
羇旅		4	男	4	7 11 24 93
			女	0	
離別		1	男	1	16
			女	0	
雑部		20	男	16	8 10 12 26 34 55 66 68 75 76 83 84 95 96 99 100
			女	4	57 60 62 67
恋		43	男	29	3 13 14 18 20 21 25 27 30 39 40 41 42 43 44 45 46 48 49 50 51 52 63 74 77 82 85 86 97
			女	14	19 38 53 54 56 58 59 65 72 80 88 89 90 92

〈別表Ⅱ〉

性別	身分	数	歌の番号
男性（79）	天皇	7	1 13 15 68 77 99 100
	親王	1	20
	官人	58	3 4 5 6 7 11 14 16 17 18 22 23 24 25 26 27 28 29 30 31 32 33 34 35 36 37 39 40 41 42 43 44 45 46 48 49 50 51 52 55 63 64 71 73 74 75 76 78 79 81 83 84 91 93 94 96 97 98
	僧侶	13	8 10 12 21 47 66 69 70 82 85 86 87 95
女性（21）	女帝	1	2
	内親王	1	89
	女房	17	9 19 38 56 57 58 59 60 61 62 65 67 72 80 88 90 92
	母	2	53 54

る（別表Ⅰ参照）。さらに歌番号からも推測されるように、わずかの例外はあるが多くが平安後期に集中する。定家自身は、

97　来ぬ人をまつほの浦の夕なぎに焼くや藻塩の身もこがれつつ
権中納言定家

と詠じたように、「恋」の歌を撰したが、『新古今和歌集』の編纂に参じた一族の寂蓮（じゃくれん）は、

87　村雨の露もまだひぬまきの葉に霧たちのぼる秋の夕ぐれ
寂蓮法師

と詠じる「秋」を代表する歌を残しており、王朝末期における美意識の投影のされ方もうかがうことができる。

「恋」と「四季」にかかわる歌以外では、「羇旅（きりょ）」（旅行）・「離別」とともに「雑部（ざつぶ）」が

二五首となっている。「羇旅」の四首について見ると、

7　**天の原ふりさけ見れば春日なる三笠の山に出でし月かも**　**安倍仲麿**

11　**わたの原八十島かけて漕ぎ出でぬと人には告げよあまのつり舟**　**参議篁**

24　**このたびは幣もとりあへず手向山紅葉のにしき神のまにまに**　**菅家**

93　**世の中は常にもがもな渚こぐあまの小舟の綱手かなしも**　**鎌倉右大臣**

といずれも有名な歌で、かつその作者たちもよく知られている人物だ。唐王朝に仕え、望郷の想いを仮託した仲麿、遣唐使を拒否し隠岐へと配流された小野篁、遣唐使の停止を建言し、その後、大宰府に配流された菅原道真、さらに渡宋が見果てぬ夢となった源実朝と、それぞれに悲劇を背負った人々だった。

また、「雑部」に入る二〇首のいくつかは、喜撰法師（8）・蟬丸（10）・僧正遍昭（12）・大僧正行尊（66）・法性寺入道前関白太政大臣（藤原忠通）（76）・前大僧正慈円（95）など出家、桑門の人々も少なくない。さらに紫式部（57）・小式部内侍（60）・清少納言（62）・周防内侍（67）の女流歌人の名も見える。ここには情念的な世界よりも、理知的・技巧的な作品が多いようだ。

以上のことをふまえて、平安時代の勅撰集からの「百人一首」への採取率を見ると、『古今和歌集』（24首）、『後撰和歌集』（7首）、『拾遺和歌集』（11首）、『後拾遺和歌集』（14首）、『金葉和歌集』（5首）、『詞花和歌集』（5首）、『千載和歌集』（14首）、『新古今和歌集』（14首）、『新勅撰和歌集』（4首）、

『続後撰和歌集』（2首）という割合となっている（鈴木知太郎『小倉百人一首』）。『古今和歌集』が最多で、『千載和歌集』『新古今和歌集』がこれにつづき同数の採取となっており、一〇世紀初頭と一一世紀末にそれなりのピークも想定できそうだ。そうした傾向から撰者の定家の歌人としての好みを知る材料となるはずだ。

なお、定家自身の「百人一首」の撰歌意識については国文学・歌学史の分野において多くの研究がなされているし、各勅撰集ごとの位置づけに関しても例えば古典的研究ではあるが、津田左右吉の著書「貴族文学の時代」（『文学に現はれたる我が国民思想の研究』全八冊の第二冊）も参考となるはずだ。

安倍仲麿

歌人たちのプロフィール

王朝の歌人を大づかみにながめると、一〇世紀の文士、一一世紀の女房、一二世紀の遁世の聖たちと理解できるという（目崎徳衛『百人一首の作者たち』）。平安中期以降の各時期の歌人のつかみ方としては興味深い。こうした歌人の配列は、「百人一首」に見えるそのままその時代の文化の担い手と対応することにもなる。

王朝時代以前の『万葉集』からでは、天智天皇（1）・持統天皇（2）・柿本人麿（3）・山部赤人（4）・大伴家持（6）・安倍仲麿（7）の六首を数える。いずれも著名な人物で、お馴染みの歌も多いと思う。これらは「百人一首」全体からは〝古典〟時代に位置する。その後につづく六歌仙時代（喜撰法師［8］・小野小町［9］・僧正遍昭［12］・在原業平［17］・文屋康秀［22］・大友黒主）が王朝時代への助走となっている。

以上のことをふまえ、別表Ⅱをご覧いただきたい。歌人たちをその身分によって整理したものだ。男性歌人七九を天皇、親王、官人、僧侶にそれぞれ分類すると、圧倒的多数が官人身分に属する。そこには公卿クラスの上流貴族もいれば受領クラスの中下級貴族も少なくない。後者に関しては文人貴族とよばれる一群の歌人たちが名をつらねており、歌才をテコに官人社会に足跡を残した人々も目につく。

六歌仙時代につづく大江千里（23）以降の歌人たちは文人とよびうるにふさわしい来歴を有しており、寒門ながら文章道などに勤しむ人々ということになる。

こうした男性の官人に対応する女性歌人は、女房身分ということになる。女帝（持統天皇）、式子内親王、母（右大将道綱母、儀同三司母）の四名を除き、一七名が女房である。ちょうど一〇世紀の文人貴族と踵を接するかのように、女性歌人が顔をのぞかせる。右大将道綱母（53）から清少納言（62）までは、多くが女流文学の世界で名をなしており、彼女たちを輩出させた一一世紀初頭の摂関時代の特色をうかがうことができる。

個々の歌の内容や各人の来歴は別に述べるとして、総じてこの時期に集中する女房の多くは、前代の文人（受領）貴族の家系に属しており、その教養主義の流れを継承し文才を開花させている点は重要だろう。この時期の女流歌人の登場は前代に宿されていたといえる。

そして、プロフィールでいえばその後につづく一三名の僧侶たちの存在も特徴的だ。かつて折口信夫が「女房文学から隠者文学へ」という流れを想定したように、である。早く喜撰法師（8）や蟬丸（10）といった伝説的隠者もいるにしろ、その存在がクローズアップされるのは、能因法師（69）の一一世紀半ば以降の時代ということになる。

僧正なり大僧正の肩書を有した権門出身の人々は、隠者なり遁世者のイメージからは距離がある。世俗の秩序から距離をおくことで、歌の道に専心する精神の成熟が必要となる。その限りでは一二世紀は遁世の聖たちの時代とも解されるようだ（目崎『百人一首の作者たち』）。

以上、文士（文人）、女房、遁世といったキーワードを通じ、「百人一首」の世界を縦断的にながめることもできるであろう。

天皇で始まり、天皇で終わる

「百人一首」の構成を考えるうえで興味深いのは、やはり天智天皇で始まり、順徳院で終わるというスタイルだろう。

1　秋の田のかりほの庵の苫をあらみわが衣手は露にぬれつつ　天智天皇
2　春すぎて夏きにけらし白妙の衣ほすてふ天の香具山　持統天皇
99　人もをし人もうらめしあぢきなく世を思ふゆゑにもの思ふ身は　後鳥羽院
100　ももしきや古き軒端(のきば)のしのぶにもなほあまりある昔なりけり　順徳院

ほかに陽成院（13「筑波嶺の……」）、光孝天皇（15「君がため……」）、三条院（68「心にもあらで……」）、崇徳院（77「瀬を早み……」）の八首が見えている。カルタの〝天皇めくり〟でも知られている名前だろう。

天智―持統と最後の後鳥羽―順徳は親子の関係ということで対応しているが、王統でいえば、天智天皇は平安王朝の桓武天皇の流祖にあたっている。その意味では、承久の乱で敗北した後鳥羽・順徳の両天皇は、天智朝から始まる歴史の大きなうねりの終末に位置する。

東国の武家による王朝の幕引きという状況を、どのように理解するのか。「百人一首」の撰者にとって、このあたりの思惑が天智―順徳の配置に重ねられているのかもしれない。

この点はⅡ章の「神と人」でもあらためて述べることになろうが、もう一つの問題は、歌の内容でいえば、前掲の四人の天皇と残りの陽成以下四人の歌とが質を異にするということである。

天智・持統両者の歌が自身の作か否かの問題はあるにせよ、前掲四人の天皇の歌の主題がいずれも超然的気分と同居している点は興味深い。農民の労苦への想い、香具山と天女への連想、鬱屈(うっくつ)する精神と現実との葛藤、過去の栄光への願望と、それぞれの歌に託された内容は異なっている。総じて、非世俗的倫理の世界へのつながりが連想できる。

これに対し、残りの天皇歌は恋の歌である。陽成・光孝・三条・崇徳の歌には恋しき想いが詠ぜられている。このうち、三条院だけは恋しき対象が「夜半(よは)の月」であったとしても、それぞれが個人の内面の深みの表明であることは、動かない。ある意味では、〝恋する天皇〟を演出することで、世俗的世界が語られている。同じ天皇の歌ながら明らかな傾向のちがいが見えるはずだ。

以上の諸点を考えあわせれば、天智以下の四首には、王威の演出という政治性も見える。高踏的意志の表明とでもいうべき歌が撰ばれているのではないか。このあたりは王朝の終焉に属した「百人一首」の撰者が、王朝のエキスをどう考えたかにもつながる問題をふくむことになる。

和歌の玉手箱

歌の内容、歌人たちの履歴から判断すると「百人一首」は構成上の原則はなかったようだ。〝らしきもの〟でいえば、時代順（各歌人の生存年次での配列）に従っている点だ。少なくとも、内容上での類別・優劣、さらに歌人の身分・性別での分け方はないものと考えられよう。

さらには、『古今和歌集』から『続後撰和歌集』の歌人たちを縦覧した構成となっている。いわば勅撰集のエッセンスの役割を担っていたことにもなる。その限りでは、王朝時代の和歌史がここに凝縮されているともいえる。同時にそれは、文化を俯瞰(ふかん)した時代（歴史）の諸相を語ってくれる材料といえようか。

すでにわれわれは、「百人一首」の編纂意図のなかに〝中世の春〟に対応した王朝の美意識を看取した。それは、王朝のフィナーレを飾る演出的行為でもあったのかもしれない。結果として、それは「みやび」と「もののあはれ」という情趣を特色とする王朝文化の代名詞という位置を与えた。

「百人一首」はあたかも永遠の賞味期限を有した和歌の〝玉手箱〟のようにも位置づけられ、時としてそれは、歌聖視された定家の精神の象徴とされた。そのような意識が定家の後継者たる二条・京極・冷泉各諸流による解釈学の隆盛を導いた。歌道学の隆盛という視点で見れば、それ自体も文化であり、その方面での〝中世の秋〟への深まりを予想させる。

ただし、ある意味では、定家をピークとした和歌の流れは、定家離れができなかったがゆえに、精神の形式化を招くことにもなった。およそ芸術にあっては、天才の精神と形式とを同時に学ぶことは容易でないのかもしれない。

「百人一首」それ自体は、まるごと王朝の挽歌だったともいえる。〝中世の春〟に位置したその王朝を（王朝的世界の源流もふくめ）どのような形で伝えるか。それは、王朝時代の終わりを自覚した貴族による歌を介した文化相伝の試みだったのではなかったか。

以上のごとき観点は、定家を〝歌聖〟と見立てたうえでの後世の勝手な解釈なのかもしれない。そんな深慮や構想を定家自身はもち得ず、気楽な撰歌が主眼だったのかもしれない。仮にそうだとしても、定家の主観的意図を超えて構想化される後世への影響力は否定できない。時代を超えた文化の力をやはり問題にしたいと思う。

ともかく、この和歌の〝玉手箱〟の影響は絶大だった。後世多く〝百人一首〟と命名されたものと区別するために、定家自撰のそれをあえて「小倉百人一首」とするのも、そうした事情による。

詳細は別にゆずるが、「小倉百人一首」に範を求めたものには、①時代を限定して百首を撰したもの、②歌人の出自・身分での撰定、③出典によるもの、④主題（目的や内容）によるもの、など四つに整理できるという（鈴木『小倉百人一首』）。

①では、江戸時代のみに限定しても、「当世百歌仙」（安政二年）、「現存百人一首」（安政七年）などが、②では「武家百人一首」（寛文六年）、「女房百人一首」（刊行不詳）などが、③では「万葉山常百首」（安政六年）、「源氏百人一首」（天保一一年）、「古今和歌集一首撰」（嘉永六年）などが、④では「心学道歌古今百首」（天保一四年）、「道歌百人一首」（弘化三年）、「畸人百人一首」（嘉永五年）、「花街百人一首」（安政三年）などが、異種の「百人一首」としてそれぞれ登場しているという。

一般にこうした異種の「百人一首」の早い例として、室町将軍足利義尚（よしひさ）が撰した「新百人一首」が挙げられる。文明一五年（一四八三）に編ぜられたもので、そこには文武天皇から一四世紀の花園天皇までの歌が収められている。定家の「百人一首」とは作者もほとんど重ならず、藤原鎌足、聖武天皇、源順（したごう）、頼政、頼朝、鴨長明、藤原為家、阿仏尼（あぶつに）、宗尊（むねたか）親王などの名も見えている（鈴木『小倉百人一首』)。

王朝風味と万葉風味

「百人一首」の超時代性は、定家以後に登場する数多くの注釈書からも理解できる。いわば「百人一首」学の流れである。Ⅵ章でもふれることになるが、大雑把に見ると歌の解釈(解釈学)が定家主義に依拠するか否かという点である。

そもそも「百人一首」に収める各歌が定家個人の作品でない以上、個々の歌が作られた時代と、これを採首した定家の時代には隔たりがあるのは当然であろう(松村雄二『百人一首』)。端的な例でいえば、『新古今和歌集』に採られた『万葉集』の歌――例えば先にもふれた持統天皇の有名な次の歌だろう。

2　春すぎて夏きにけらし白妙の衣ほすてふ天の香具山　　持統天皇

『新古今和歌集』(巻三、夏)に見えるが、原歌が『万葉集』(巻一)「春過而夏来良之白妙能衣乾有天之香具山」である。二句と四句の相異がポイントとなってきた。

〈万葉集〉　　　　　　→〈新古今〉〈百人一首〉
夏きたるらし(夏来良之)　→夏きにけらし
衣ほしたり(衣乾有)　　→衣ほすてふ

二句目の「きたるらし」と「きにけらし」での意味の違いは、多くの指摘があるように、後者は前者に比して回想性がより強い表現で、眼前の写実よりは観念的要素が濃厚だとされる。四句目も同様で、「けらし」に照応して「ほすてふ」となっている。

定家の王朝風味の解釈では「天の香具山には夏が来ると、いち早く白い衣を乾しかけるという慣わしがあると、かねてから伝え聞いて……」という具合に、想像的要素が強く出る。他方、万葉風味では「香具山に白衣の乾してある眼前の光景を見ながら……」というように写実的要素が明瞭となる。この持統天皇の歌はその代表的な例だが、個々の作者の意図と、定家の解釈による意図（撰歌意識）とのあいだのブレの問題が生ずることになる。脱定家主義か、定家主義かということでもあるらしい（島津忠夫『新版　百人一首』）。

持統天皇

「百人一首」は定家以後、南北朝～室町期にかけて二条流（為家の嫡子為氏の系統）の聖典とされた。それにともない多くの注釈書が誕生し、注釈学の隆盛の時代がおとずれる。「～抄」や「～注」の名称を有したもので、明治以前までの数は百を優に超えるとされる。

前述の持統天皇の歌に関しても、そう

した注釈・解釈学とともに議論の対象とされた。いずれにしても、江戸初期までは定家の絶大なる存在感により、定家流に即し「百人一首」の歌が解釈されてきたが、近世の国学の登場のなか、定家主義から解放される。

国学をふくめた考証学の隆盛とあいまって、脱定家（時代主義＝作製された時代に即して解釈）の方向が鮮明となる。それは、定家を相対化することで、その磁力から解き放たれることだった。考証にもとづく歌の解釈が、詠み手の生きた時代の意識を重視する流れにつながった。

このあたりは章をあらため述べることになろう。

王朝国家と「百人一首」

〝中世の春〟を王朝という語感でつつむことで成立した「百人一首」は、「王朝国家」の文化レベルの所産と解される。国文学では平安時代は文学史上の区分で、〝中古〟と呼称されてきた。「百人一首」もその点では、中古文学に属することになる。

古代と中世のあいだという意味で、便宜的呼称ではあるが、国家の形態からは「王朝国家」として位置づけられる。歴史学の分野では、中世の初期にあたる一〇世紀以降が王朝国家の時代と解されている。したがって「百人一首」に関しても、中世的原形質を有した王朝国家の所産ということができる。

本書において王朝の時代を〝中世の春〟と呼称するのも、右のような理解とかかわる。それでは、

「百人一首」に収められた和歌を生み出したこの王朝国家はどんな特色をもっていたのか。このあたりを、前代の律令国家と比較しながら整理しておきたい。

いくつかのポイントはあるが、平安中期以降の特色の一つは対外的緊張からの解放にあった。中国（唐）、朝鮮（新羅）との関係でいえば、古代の国家は政治・経済・文化のあらゆる分野で〝輸入超過〟だった。すべてをお手本としての中国に範を求め、これを積極的に受け入れた。ただし、その結果として日本の社会の実情に合致しない高度な制度・文物が流入した。擬制と実態の不一致とでもいうべき状況が、国家と当時の社会のあいだに存在したのである。いわば表面的な外被に内実がともなわない段階といえる。古代律令国家とは、高度な文明を有した大陸（中国）からの文物を表面上受容しただけの国家だった。均一・統合化の理念は理念として、それを現実に下から社会的に支える基盤が欠落していたとされる。

一方で律令的原理に支えられた集権国家は、整然とした骨格を有した。つまりは外被を借用した〝トンネル国家〟ともいえる。わが国の古代国家の特色は、中国から借用したこの外被を〝お手本〟として対外的危機を乗り切ろうとしたことにある。

唐・新羅の滅亡にともなう東アジア情勢の変化は、わが国にも新しい時代をもたらす。〝トンネル国家〟云々でいえば、内実化が進行するということだろう。かつて律令・儒教あるいは仏教・漢字といった共通の文明圏を分母に有した東アジア諸地域は、周辺諸民族に独自の動きを生む条件を準備させた（以上の点は、拙著『武士の時代へ』参照）。

律令国家から王朝国家への転換は、遣唐使の廃止にともなう外交路線の転換のなかで、在来の基層文化をそれまで吸収しつづけた外来の大陸的文明と融合することで登場したものだった。その限りでは王朝国家とは〝お手本〟なき新たな時代の到来を予想させる。

一般的には武家政権によって象徴される中世という時代の前史は、この王朝国家の助走をへて到来する。「国風」と呼称される文化の内容は、そのことを端的に物語るものだった。

「国風」文化は、前述したごとく、大陸文明の外被を融合するなかで形成される。神仏習合に象徴される新しい信仰は、そうした王朝文化の証しでもあった。文化が政治や社会あるいは外交諸分野の集約化の表現だとすれば、王朝国家の段階に見合う内容がそこに見出されるはずだ。

王朝国家の成立については、一般に法制や制度などの各分野における請負的原理の登場が指摘されている。政治レベルでの摂関政治の貴族的統治システムの登場、経済レベルでの荘園の出現と負名（ふみょう）体制（田堵（たと）・名主（みょうしゅ）の名田経営への委任）、軍事レベルでの「兵（つわもの）」とよばれた武的領有者による武力の請負など、諸種の分野において請負制の原理が時代の趨勢を方向づけていた。

当然ながら、文化の場面にあっても右の傾向は否定できないわけで、王朝文化の担い手の圧倒的多数は、こうした王朝国家の統治システムにかかわる人々であった。すでに述べたように、「百人一首」の作者たちは官人・女房たちで占められていた。一般庶民を排した貴族参加型の和歌の登場は、文化の担い手たるかれらの自覚が前提となる。別の見方をすれば、これも広く文化の請負化の一端を語るものだろう。

指摘されているように、王朝国家期の文化の特色は、感性的・内省的要素に富み、論理性よりは情緒性が優先されていたという（義江彰夫『歴史の曙から伝統社会の成熟へ』）。『竹取物語』『大和物語』から『源氏物語』にいたる一連の文学作品に共通するのは、この傾向であり、この段階の和歌を多く収めた「百人一首」にも、それは共通する。というよりも、和歌という文化的営為それ自体に内在した個性であったわけで、問われるべきは、そうした作品を生み出した時代性であろう。

王朝国家段階以降のわが国の中世は、東アジア世界における外交的危機の解消で一時的には相対的に安定した対外関係を共有した。その結果、原理や論理よりも情緒＝「もののあはれ」を日常世界で優先させる気風が、当該期の文化の本質となったとされる。定家の歌論のなかに看取される「あはれ」なり「みやび」なりの意識も、そうした王朝時代の文化的土壌で育まれたものだった。次章から、そうした王朝時代の諸相を「百人一首」の作者たちを掘り下げるなかで考えてみたい。

Ⅱ　神と人——敗れし者の系譜

中納言家持——陽成院——菅家——三条院——崇徳院——後鳥羽院——鎌倉右大臣——順徳院

この顔ぶれが本章の主役たちである。いずれも歴史的には敗者に属する。過半は怨霊となり怖がられ、時に神として祀られた人々だった。

王朝時代史の断面を右の敗者で切り取ることで何が見えてくるのか。政変や反乱のなかで埋没した人々の足跡に目を配り、かれらが生きた時代の実相を考えたいと思う。

ここに登場する詠み手の多くは、天皇である。それ以外の家持にしろ、道真にしろ、いずれも王位にかかわる権力闘争のなかで敗れ去った人々だった。かれらが関係した諸事件は、平安時代史のエポックに位置づけられる。その意味では、ここに取り上げた「百人一首」の詠み手は、いずれも王朝の時代を代表する存在ということができる。

このうち、家持から三条院までは主に藤原氏が政治権力を掌握する過程での転換点に位置し、崇徳以後順徳までは、武士の台頭にもとづく内乱の時代の画期となった。

本書ではそうした事件のさまざまにも言及しながら、「神と人」という大きなくくりのなかで、権力にまつわるもう一つの王朝時代史を繙いてみたい。

古代の名族の余光

敗れし者の系譜というテーマでいえば、まず目につくのはやはり大伴家持だろう。古代の名族大伴氏の余光を担い、桓武朝に活躍したこの人物は、『万葉集』の編者として名高い。だが、家持は悲劇の歌人でもあった。「海行かば水浸く屍山行かば草生す屍……」（『万葉集』四〇九七）の歌詞で知られるこの歌も、家持の作にかかるものだ。「百人一首」では、次の歌で知られる。

6　鵲の渡せる橋に置く霜の白きを見れば夜ぞ更けにける　　中納言家持

『新古今和歌集』（巻六、冬）に「題しらず　中納言家持」と見えている。ただし、その作風から推して家持の作かどうかは疑問とされている。宮中の殿舎の橋を天上の天ノ河の鵲の橋にたとえて詠んだもので、白き霜と深更の夜半との幻想的情景が妙味らしい。

大伴家持

紀元前二世紀に漢で著わされた『准南子』に「七月七日夜、烏鵲河ヲ塡メテ橋トナシ以テ織女ヲ渡ス」とあり、この中国の故事が「鵲のわたせる橋」の由来である。歌意にかかわる鑑賞はしばらくおくが、作者とされる家持は、敗者の系譜に位置する。

藤原種継暗殺事件に関与し、死後断罪に処せられた。家持の悲劇は中納言というその官歴が語るように、朝堂貴族としての華々しい活躍と死後に与えられた不名誉な冤罪との落差だろう。

『万葉集』の編者とされる家持は平安時代への橋渡し的存在だった。父の大納言旅人、叔母の坂上郎女ともども万葉歌人として知られる。

聖武・孝謙・淳仁・称徳・光仁・桓武の五帝六代にわたったその生涯は、七〇年におよぶ。陸奥按察使鎮守将軍として征夷政策に従事する一方、橘奈良麻呂の変や氷上川継事件への関与も噂された。

新興の藤原氏と拮抗し、朝堂内で勢力の維持に努めた大伴氏の最後のエースが家持だった。皇統問題という切り口でいえば、家持に関しては、桓武天皇のかかわった早良親王廃位事件が特筆される。前述の藤原種継暗殺事件と連動するもので、家持はこの事件の首謀者ともされた。事件は次のように進んだ。

①延暦四年（七八五）九月、桓武天皇の側近だった種継が造営途上の長岡京で射殺され、犯人として大伴継人・佐伯高成ら十数人が捕えられた。長岡遷都を推進するリーダー種継への反感がこの事件の背景とされた。

②継人らを尋問の結果、その背後に首謀者大伴家持の存在が浮上。その家持は事件の二〇日ほど前に没していたが、関与ありとされ、官位が奪われた。

③さらにこの事件は皇太子早良の廃位にまで発展した。かつて家持は長く早良親王の春宮大夫（皇太子側近、春宮坊の長官）を務めていた。こうした関係で家持―早良親王による陰謀事件へと発展した。『続日本紀』に見える経過を略述すると右のようになるが、真相は闇のなかである。少なくとも早良親王の廃位に関しては冤罪の可能性が高い。桓武の同母弟の早良親王の皇位継承を阻む勢力が種継暗殺事件を利用し、仕組んだシナリオだったとの見方が有力である。

藤原式家と天皇家略系図

- 藤原宇合（式家）
  - 清成―種継―薬子
  - 良継―乙牟漏
  - 百川―旅子
- 天智天皇……光仁天皇
  - 光仁天皇＝高野新笠
    - 桓武
    - 早良親王
  - 光仁天皇＝井上内親王
    - 他戸親王
- 天武天皇……聖武
  - 井上内親王
  - 不破内親王
- 桓武＝旅子
  - 淳和
- 桓武＝乙牟漏
  - 平城
- 平城……薬子

考えてみれば、桓武天皇への皇位実現で暗躍したのは式家の藤原百川（娘の旅子は桓武の妃で淳和天皇の母）だった。系図を参照してわかるように式家は桓武朝と深く血縁で結ばれていた。桓武自身、妃乙牟漏が生んだ安殿親王（のちの平城天皇）への継承を望んでおり、早良の立太子の件も先帝光仁の強い求めによるものだった。

こうした情況での早良親王の廃位ということになれば、首謀者とされる家持への疑惑もあやしい。

家持の悲劇

桓武朝の二大事業として軍事（蝦夷征討）と造作（長岡・平安京造営）が挙げられるが、後者の担当が山城の秦氏の経済基盤を背景に有した式家藤原氏だった。桓武が種継を長岡京造営長官に任じたのも、そうした理由があった。対して前者の軍事に関しては伝統ある大伴氏を起用し、これに従事させる方針を採った。種継の造営長官任命の数ヶ月前、桓武は家持を征東将軍に任じている。そこには藤原・大伴両氏を二大事業にふり分ける桓武朝の方向性があったことになる。

大伴氏は藤原氏の最大のライバルだった。まして次期の王統の継承者早良親王と大伴氏との関係が深いということであれば、その廃位は種継事件を利用した策動の臭いが強い。

家持の気の毒さは死後、官位剝奪となり子息ともども遺骨が隠岐へと配流されたことだった（のち桓武死後の大同元年に復位）。この峻厳なる処置は早良廃位への後ろめたさの現れとしかいいようのない行為であろう。

天武系から天智系へという流れのなかで、平安王朝は誕生した。よく知られているように、天智系だった桓武天皇は天武系の大和（奈良）を離れ、新天地に山城を選択した。

家持に代表される大伴氏のような旧名族は、何らの脱皮を実現できないままに衰退を余儀なくされた。勝者の桓武天皇が、無実を主張し憤死した早良親王（崇道天皇と追号）の怨霊に悩まされつづけたことはよく知られている。京都にある崇道神社はその早良親王の鎮魂の社（やしろ）だった。また、家持も神と崇められた（なお、家持伝説をふくめて家持神社に関しては、高岡市万葉のふるさとづくり委員会編『大伴家持と越中万葉の世界』参照）。

家持は律令国家の華々しさに身をおいた貴族だった。身分制度上では三位以上を「貴」、四・五位を「通貴」と規定する。家持は三位・中納言であり、まさに貴族そのものといえる。その貴族の居宅は「家（やか）」とよばれ、一般庶民の「戸（こ）」と区別された。国家権力の構成員たる貴族による「家」の集合体が大きな「家」、すなわち「大家」（オオヤケ＝公・公家）だった。

その限りでは家持をわれわれが「やかもち」と呼称するのは、すぐれて律令的なイメージの延長ということになる。王朝的中世にあっては、有名な源義家がそうであるように、「ヤカ」は「イヘ」と呼称され、それにともない、「家」は「公」から「私」へと家産的世界の象徴へと変化する。

その点では旧名族の大伴氏は、あくまで「大家」（公家（おおやけ））の一員であり、天皇権力の補翼に与（あずか）る存在だった。新興の藤原氏が台頭する以前のこの時期、大伴氏はそれなりの役割を与えられていた。それゆえに藤原氏からも、あるいは強大な王権を志向する桓武からも、大伴氏は排されるべき対象とされたのである。

定家が撰した「百人一首」もまた、家持あたりをエポックとして次なる本格的な王朝の時代へと動いてゆく。

廃帝、陽成院の憤懣

狂気の帝として有名な陽成院は、たしかに敗者だったが、そこに陰鬱としたイメージはともなわれていない。退位後、八〇余歳の長寿をまっとうしたことが影響しているのかもしれない。とはいえ、陽成廃位の一件はやはり平安朝における王統の継承に大きな節目となったことも疑いない。そのことを考えるには、肝心の「百人一首」には次のような歌が載せられていることが参考となる。

13　筑波嶺の峯より落つるみなの川こひぞつもりて淵となりぬる　陽成院

『後撰和歌集』(巻一一、恋三)に「釣殿の皇女(みこ)につかはしける」と見え、光孝(こうこう)天皇の第三皇女綏子(すいし)内親王へ贈ったものとされる。深い恋の苦悩を詠じたもので、情念の激しさが伝わってくる。作者の陽成院もこの歌のように直情型だったようだ。関白藤原基経(もとつね)に退位を迫られ、「物狂(ものぐる)いの帝」と芳しからざる風評もつきまとう。「百人一首」では平安時代の天皇の最初に挙げられる。

桓武以後、平城―嵯峨―淳和とつづいた兄弟での王位継承から、仁明―文徳―清和と嗣子への継承に変わる(略系図参照)。陽成院は嵯峨―仁明の王統の嫡流に位置しながら廃帝の憂き目に遭遇した。ただし、諸史料が指摘する殺人・乱行などの行為を信ずれば、同情からはいささか隔りもある。

貞観一八年(八七六)、父清和の譲りを受け、陽成天皇は九歳で即位した。母后高子(たかいこ)とその兄基経が摂政として幼帝を補佐した。いわば保護観察のなかで成長することになる。晩年こそ仏道に専心したものの、二四人の妃をかかえ猟色に耽(ふけ)ったことは有名な話である。

父清和と在原業平をはじめとして、数多くの恋の遍歴をもつ母高子の性癖は、この陽成院にも受け継がれていたのであろうか。

在位わずか八年。一七歳で退位させられた最大の理由は、その「物狂」にあったという。「帝ノ失徳ノ以テ自ラ取ルニ非ズヤ」（失徳により自らが招いたもの）との江戸時代の史家安積澹泊（あさかたんぱく）の発言（『大日本史賛藪（さんそう）』）からもわかるように、陽成院への筆誅（ひっちゅう）は、朱子学的倫理意識が強い後世には動かしようのないほどに定着していた。

天皇略系図

- 桓武50
  - 平城51
  - 嵯峨52
    - 仁明54
      - 文徳55
        - 清和56
          - 陽成57
      - 光孝58
        - 宇多59
          - 醍醐60
  - 淳和53

陽成院

「失徳」云々について、当時の正史『三代実録』は次のように書いている。

散位従五位下源朝臣蔭（かげ）之男益（ます）、殿上ニ侍シテ、猝（そう）然トシテ格殺（かくさつ）セラル、禁雀事秘ニシテ、外人（そとひと）ノ知ル無シ、益ハ帝ノ乳母従五位下紀朝臣全子ノ生ム所ナリ

光孝天皇

（元慶七年一一月一〇日条）

つまりは陽成が兄弟同然の乳母子を格殺（手討ち）にしたというものだ。元慶七年（八八三）、天皇一六歳のときだ。「禁雀事秘ニシテ」とある如く、その詳細は不明だが、「格殺」の事実は動かしようもない。

この事件の六日後、天皇は再び内裏で乗馬騒動をおこす。「秘シテ飼ハシム」――禁中で密かに馬を飼い、近習の者と乗馬するという乱行をなしたというのである。これまた『三代実録』の伝えるものだが、事ほどさように天皇の風評はよろしくない。

当然、基経が動き出した。陽成の廃位が決せられたのは、右の一連の事件以後のことだった。

朕近ゴロ身ニ病シバシバ発リ、ヤヤモスレバ疲レ頓ムコト多シ、社稷ノ事重ク、神器守リカタシ……

（『三代実録』元慶八年二月四日条）

陽成退位の理由を正史はこう記している。太政大臣基経による陽成廃位の断行はまことにすみやかだった。そして新天皇として登場したのが五五歳の時康親王（光孝天皇）だった。基経によるサプライズ人事といっていい。

光孝天皇は「百人一首」に「15　君がため春の野に出でて若菜つむわが衣手に雪は降りつつ」の歌を残している。その光孝の皇女綏子内親王に陽成は想いを馳せた。激情ほとばしる例の「筑波嶺……」の歌である。

それにしても廃帝の憤懣は大きい。何しろ陽成院はその後、八〇余歳の長寿を保った。あるいは、敗者としての憤りをバネにした如き観もある。退位後の横暴ぶりも相かわらずであったと、『扶桑略記』その他の史書は伝える。

更迭の裏事情

更迭された陽成院の憤りはともかくとして、その裏には隠された理由もあった。一つはやはり伯父基経と母高子との対立である。切れ者として知られる基経は摂政という朝堂内の首班、他方高子は後宮をふくむ内廷の中心的人物だった。

この両者のこじれの理由の一つは、陽成妃の人選問題にあった。基経は娘温子を陽成妃に期待したが、皇太后高子が入内要請を拒んだという。高子には、基経への権力集中に対する危惧があったにちがいない。

養父良房と同じ手法で外戚関係を維持しようとした基経の構想は、頓挫することになる。基経は自己の権力基盤維持のために、陽成退位のタイミングを待っていた。退位を期待する人物がもう一人いた。基経の妹の一人淑子である。彼女はその養子に源定省（のちの宇多天皇）を迎えていた。いうまでもなく定省の父は時康親王であり、光孝―宇多とつづく新しい王統への乗り換えにはそうした背景があった。加えて基経の母乙春と光孝天皇の母は姉妹の関係にあった。

それにしても、史書が伝える狂態と「百人一首」に詠じられた歌の落差は気にかかる。陽成を貶めるための作為さえも感じられるが、〝火の無い処に〟のたとえがあるにしてもである。その陽成院への救いは、例外的に怨霊的世界から解放されていることだ。

神器の一つ璽（八尺瓊曲玉）の筥を強引に開き、白雲に恐れおののく陽成院の姿を描く説話（『古事談』第一―四）、あるいは閛（男根・陰茎）を消す方法を習いそこねた僧に陽成院が幻術を教わる説話（『今昔物語』巻二〇―一〇）など、説話的世界での奇行が一種の可笑しみを伝えている。

次なる主人公はその光孝の王統に属した宇多天皇の右腕、菅原道真だ。これまた王朝政治史を語るさいには不可欠の人物だろう。怨霊となり天神と崇められた文人貴族の代表である。

道真と「神のまにまに」

菅原道真もまた王権にかかわった敗者だ。怨霊として恐れられ、神と祀られた道真は平安王朝の悲劇のヒーローとして、記憶に刻まれている。

左の歌の舞台となった宇多法皇の行幸には紀長谷雄、素性法師の面々も随行（『扶桑略記』）しており、王朝絵巻の世界が連想される。道真の悲劇はこの三年後のことだった。

24　このたびは幣もとりあへず手向山紅葉のにしき神のまにまに　菅家

『古今和歌集』（巻九、羈旅）に「朱雀院（宇多上皇）の奈良におはしましたりける時に、手向山にてよみける」と見える。宇多上皇が昌泰元年（八九八）の大和行幸のおりに詠じたもので、歌意は手向山（大和から山城への途上の奈良山の峠で楓の名所）の紅葉を錦にたとえ、敬神への想いが語られる。懸詞・縁語もたっぷりで、古今調が演出されている。

道真が右大臣へと昇進したのは、この歌の翌年昌泰二年のことである。宇多譲位後、新帝醍醐の時代のことだ。文章道の家柄に属した道真の破格の人事は、その力量もさることながら、宇多の寵臣たるところが大きかった。

菅　家

彼は娘の衍子を宇多の女御に、さらにその妹寧子を後宮に、さらにもう一人の娘も宇多の皇子斉世親王の室に入れ、藤原氏ばりの婚姻政策を実行していた。

文人貴族出身の道真にとって、その範を超えたポストを得たことに対し、同じく文章道の家柄に属した三善清行が「止足ノ分」たることへの忠告をなしている。

藤原北家と天皇家略系図

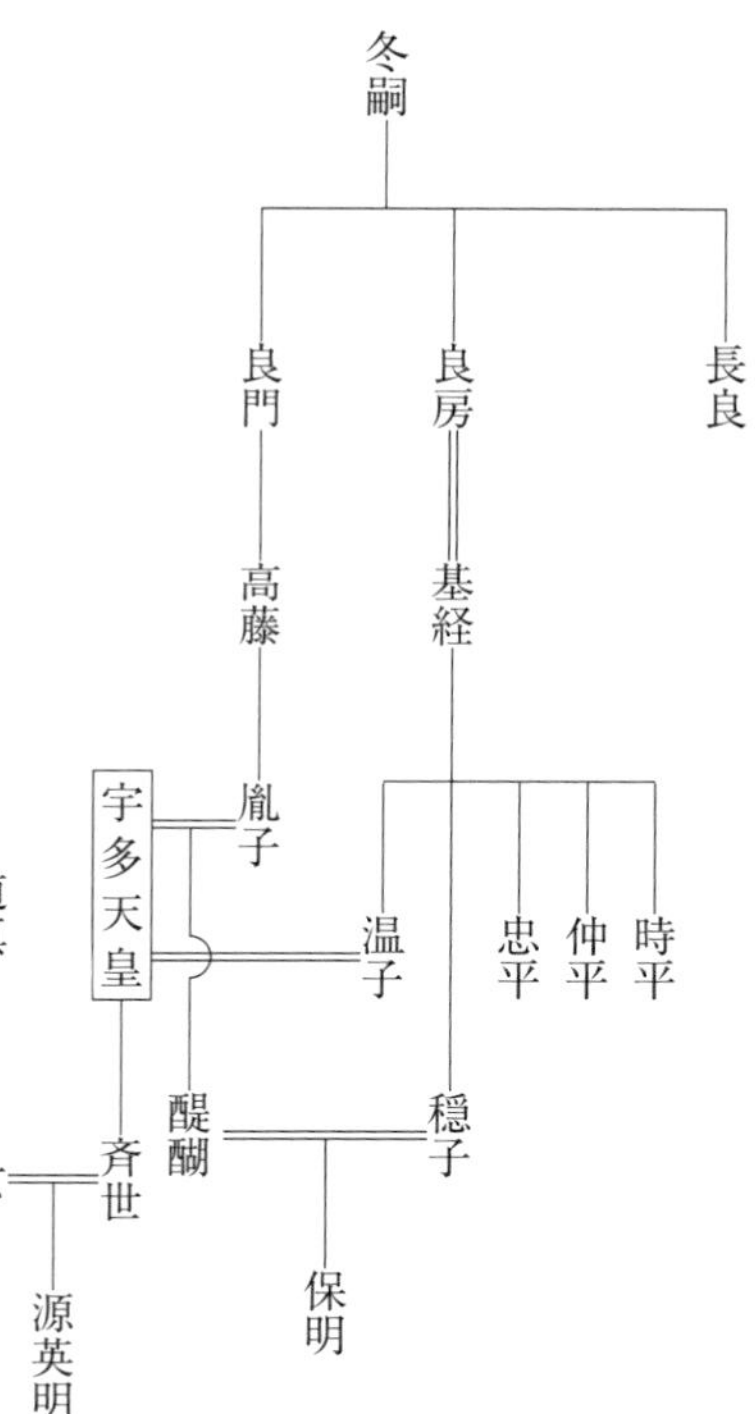

そこには半ば不相応な出世への反感もさることながら、ライバルゆえの嫉妬もあったとされる。

さかのぼって考えれば、道真を引級しつづけた宇多にとっては、基経との確執もあり、藤氏に代わる新しい人材を求めていた。道真の抜擢はそうした要請で浮上した人事だった。

「寛平の治」とよばれる道真主導の一連の政治改革は、光孝以来の新規の王統の自己主張として宇多天皇との二人三脚で実現した。寛平六年（八九四）の道真の建議にかかる遣唐使廃止も、大きくはこの寛平の治に属すが、その廃止の理由の一つは、王権の絶対性の強化にあった。外交政策の転換を宇多天皇治政下で断行することで、外交権は天皇の専権に属することへの意思を示そうとした。

それは、新たなる国策の決定は、神と人が同居する存在、すなわち天皇により可能だとの考え方に行きつく。「神のまにまに」と、宇多上皇との大和行幸の旅路で詠じた道真の心中に、自己と自己を取りまく新しい世界への構想もあったと思われる。

道真を擁することで、宇多の王統は新機軸を打ち出そうとした。道真の左遷はそれへの反動として表面化した。道真の権力掌握に危機感をつのらせた時平は、反道真勢力を結集し、その失脚・追放の詮議を実行した。

昌泰四年（九〇一）正月二五日、道真左遷の詔勅が下される。それは「止足ノ分」を超え、「専権ノ心」をもち、醍醐天皇の「廃位ヲ行ハント欲シ」たがためとする（『政事要略（せいじようりやく）』）。

「菅帥ノ霊魂宿忿ノナストコロ」

東風（こち）吹かばにほひをこせよ梅花主なしとて春を忘るな

（『拾遺和歌集』）

右の歌も有名なものだ。「流され侍ける時、家の梅の花を見侍て」とあり、筑紫への下向のおりのものだ。『大鏡』にも流謫（るたく）の身となり失意の道真の心持がつぶさに語られている。

配流から二年、延喜三年（九〇三）に冤罪が晴れることを信じ望郷の思いのなかで道真は死去した。かれの無念さは、王朝内部の不吉な出来事と結びつけられる。延喜八年、政敵の一人、蔵人頭（くろうどのとう）藤原菅根（すがね）が死に、ついで翌年には時平も三九歳の若さで死去した。別表は道真の怨霊にかかわる諸事件を一覧にしたものだ。

道真怨霊関係年表

年	事項	典拠
八九九（昌泰二）	道真、右大臣	
九〇一（延喜元）	藤原時平・同菅根、道真を讒奏、配流	
九〇三（延喜三）	道真大宰府で死没（五九歳）	
	四月二〇日、道真本職に復し、位階を加え、配流の宣命を焼却	『扶桑略記』
	火雷天神の号を授与	『扶桑略記』
九〇八（延喜八）	藤原菅根、五四歳で没、道真怨霊の所為と噂される	『日本紀略』『北野天神縁起』
九〇九（延喜九）	時平、病没。道真怨霊の所為と噂される	『北野天神縁起』
九一八（延喜一八）	三善清行没（七二歳）	
九二三（延喜二三／延長元）	醍醐天皇皇太子の保明親王没、道真、正二位右大臣となる	『日本紀略』
九二五（延長三）	皇太子慶頼王（保明の子）没	『日本紀略』
九二七（延長五）	道真の霊、旧宅に出現	『扶桑略記』
九三〇（延長八）	清涼殿に落雷、道真（天神）の祟りと噂される ・大納言藤原清貫焼死 ・右中弁平希世、負傷 ・右兵衛佐美努忠包焼死 ・紀蔭連、安曇宗仁負傷（六月二六日） ・醍醐天皇咳病（七月一五日） ・朱雀天皇に譲位（九月二二日）、醍醐天皇没（九月二九日）	『日本紀略』（右中弁平希世の項） 『北野天神縁起』（紀蔭連の項）

九四七（天暦元）	右近馬場に天神を祀る北野社創建	『北野天神縁起』
九八四（永観二）	安楽寺託宣で道真の怨霊が自己を語る	『扶桑略記』
九九三（正暦四）	道真の墓所大宰府安楽寺に勅使、正一位左大臣とする 翌年追善、正一位太政大臣	『日本紀略』

とりわけ、延喜二三年三月、醍醐天皇の皇太子保明親王の急死は大きかった。「天下ノ庶人、悲泣セザルハナシ、其ノ声雷ノゴトシ、世ヲ挙ゲテ云フ、菅帥ノ霊魂宿忿ノナストコロナリ」（『日本紀略』）と。保明の母は時平の妹穏子だった。さらに二年後の延長三年（九二五）には次の皇太子となった慶頼王（保明親王の子）が天然痘で命を落とす。王の母もまた時平の娘仁善子だった。時平による外戚政治の終わりを告げる一件でもあった。

『北野天神縁起』で著名な清涼殿の落雷事件はその五年後のことだった。『日本紀略』にはその惨状がつぶさに語られている。かくして道真の怨霊に対する人々の恐怖はピークに達した。醍醐天皇の寛明親王（朱雀天皇）への譲位はその直後のことであった。

右の清涼殿落雷で人々は道真の怨霊を畏怖し、「天満観自在威徳天神」とよび、崇めたという（拙著『英雄伝説の日本史』）。北野天神として道真が神格化され始めたとき、これを積極的に守護神へと転化する動きも登場する。

左遷された道真に、時平の弟忠平は書状を送るなどして世話をしたとの話が創られたのだ。道真の怨霊を忠平サイドに引き寄せ、これを積極的に祀ることで一族の守護神としようとする動きだった。それは時平に代わり、忠平—師輔へと藤原摂関家が移行する新しい流れと対応していた。

以上のことをふまえ、今一度、家持—陽成院そして道真にいたる負の連鎖について天皇家と藤原氏の関係を軸におさらいをしておこう。

家持時代の桓武朝は式家藤氏（百川、種継、仲成、薬子）の時代だった。つづく平城—嵯峨朝はその式家に代わり北家藤氏が台頭した時代といえる。薬子の変にともなう式家の没落により、嵯峨天皇の寵を得た冬嗣が蔵人頭として抜擢され、北家を隆盛に導く。

律令太政官システムが変容し、王朝国家への転換が準備され始めたのが、この嵯峨朝とされる。蔵人所と検非違使（けびいし）という二つの新設官庁の出現は、律令支配が大きく変容する証とされる（佐藤進一『日本の中世国家』）。

嵯峨以降の王統は、この北家藤氏との親密なる関係のなかで政治の安定を実現する。冬嗣—良房—基経と継承された政治権力は仁明天皇以後、清和・陽成と二代にわたる幼帝を登場させ、摂政としての専権を確立した。

そうしたなかで基経による陽成の廃位と光孝天皇の擁立は、王統の改廃が摂政・関白という権力者により実現される状況をつくり出した。基経—時平が政権を握った九世紀末〜一〇世紀初頭の光孝—宇多—醍醐朝の時期は、そうした藤原氏専権に対する天皇サイドの巻き返しの段階という面もあった。

「夜半の月」と三条院の憂鬱

次の主役は藤原道長との確執で知られる三条院である。時代は一〇世紀初頭から一一世紀に移る。王朝時代の最盛期にあたり、摂関政治が確立する時代だった。この天皇の不幸は、眼病という健康上の理由で退位を余儀なくされたことであった。「百人一首」に見える次の歌には、その三条院の無念さが伝わる。

68　心にもあらで憂き世にながらへば恋しかるべき夜半の月かな　三条院

『後拾遺和歌集』（巻一五、雑一）に「例ならずおはしまして、位など去らんとおぼしめしける頃、月の明かりけるを御覧じて」とあり、三条院の諦念と憂鬱がにじみ出ているようだ。この歌の場面は『栄華物語』の「玉の村菊」にも載せられており、よく知られている。

「恋しかるべき夜半の月」は勿論、視力の弱まる以前に見た夜半の月への想いを語ったものだが、他方では、王威の衰退に直面し、現実を憂き世になぞらえる気持もあったにちがいあるまい。

歌の深い意味をその背景からもう少し掘り下げてみよう。「心にもあらで憂き世にながらへば」という詠嘆の想いは、東宮時代からの叔父道長との確執が大きい。が同時に、父の冷泉院以来の怨霊にまつわる不遇さも影響していた。

三条院は冷泉天皇の第二皇子として貞元元年（九七六）に誕生した。母は兼家の娘超子（ちょうし）。『大鏡』がふれるように、その怨霊とは藤原元方（もとかた）・元子（もとこ）父娘のそれだったという。

冷泉天皇を中心とした略系図

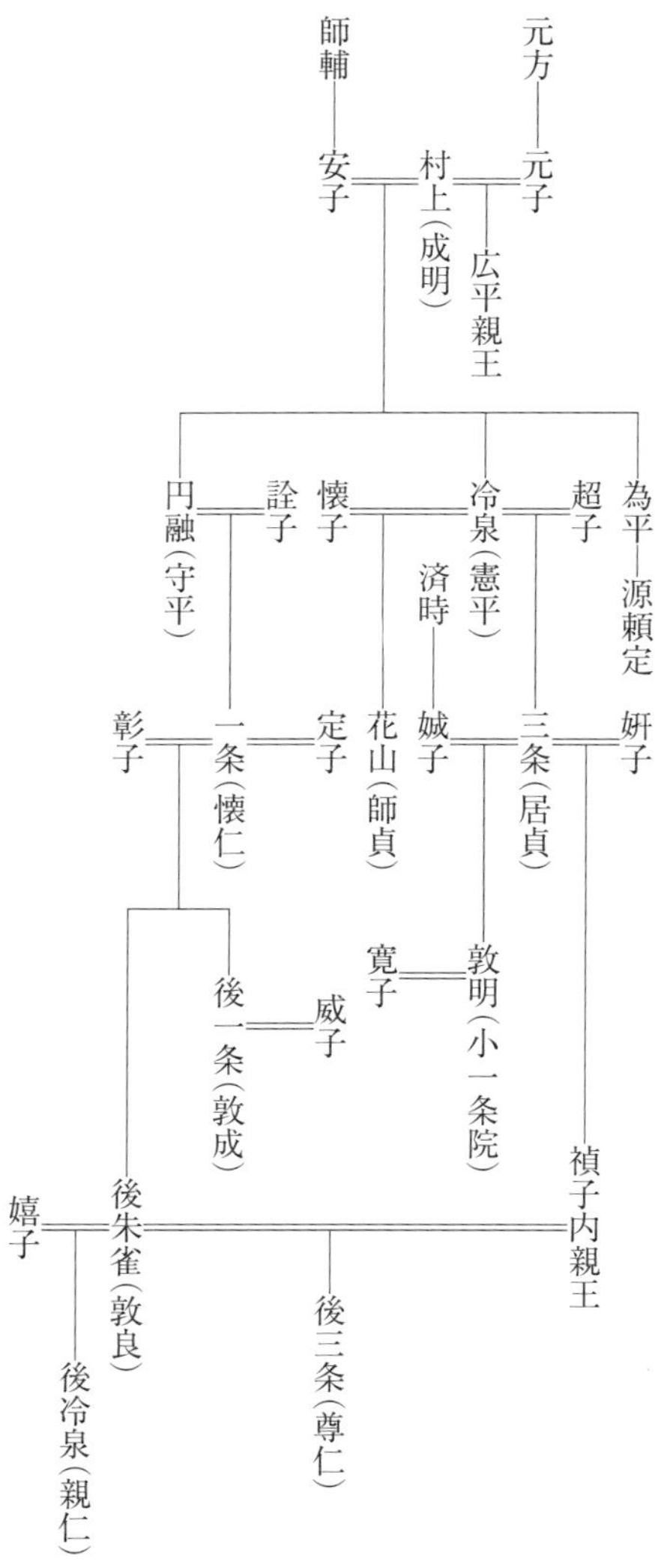

『愚管抄』にも、「元方ノ大納言ハ天暦ノ第一皇子広平親王ノ外祖ニテ冷泉院ヲトリツメマヒラセタリ」とあり、元方の娘元子が村上天皇の皇子を生み、期待が高まったが、ライバルの師輔の娘安子の皇子憲平（冷泉天皇）が誕生、失意のうちに死去したとの話が怨霊譚として後世広まった。

つまりは冷泉の王統（花山・三条・小一条院）に対する憑物として作用したとある。冷泉・花山の「物狂」も、三条院の目の不自由さも、さらには三条院が東宮として期待をかけた敦明親王（母は済時の娘娍子）の皇太子辞退という一連の出来事も、すべてこの元方の怨霊の仕業とされた。

三条院に話をもどせば、寛弘八年（一〇一一）、三一歳で死去した一条天皇の後をうけて即位した。三六歳のときだった。例の歌「恋しかるべき夜半の月」は、嫡妻の一人妍子（道長の娘）に対してのものだったが、三条院の生涯はたしかに気の毒さがつきまとう。数人の配偶者のうち最初の妻綏子（兼家の娘）は源頼定（為平親王の子）と密通事件をおこしている。

『大鏡』によれば、道長が三条院の依頼で綏子の乳房を検分した話も見えている。また、三番目の妻原子に関しては、子どもをなさないまま二三歳で死去した。彼女の父は中関白道隆で、道隆の早世は三条にとっても痛手だったに違いない。そして二番目が済時の娘娍子だ。済時もまた道隆と同じく長徳元年（九九五）に死去している。娍子とのあいだに誕生した敦明親王（のちの小一条院）に対する期待は、高かった。

即位後の三条院は妍子、娍子の両人を中宮・皇后とした。一条天皇の彰子・定子の例にならったことになる。娍子の立后に関しては、道長の妨害があったりと紆余曲折があったことは、『小右記』（藤原実資の日記）に詳しい。それはともかく、娍子所生の敦明もその後、自らの立場（東宮）を辞退し、娍子をふくむ人々を嘆かせたことは『大鏡』その他に見える。わずか四年半という短い在位中に、内裏が二度も炎上、天子たる者として徳が云々されたこともあってか、眼病の患のゆえであったのか退位を余儀なくされた。「恋しかるべき」の歌は、その長和五年（一〇一六）正月に退位に追い込まれ

三条院

る直前のものであった。

敗れし王統と定家の撰歌意識

ここでは三条天皇とその時代について整理しておこう。村上以後の王統は冷泉—円融、一条—三条、後一条—後朱雀と藤原氏摂関を外戚とする各天皇が、主に兄弟関係を軸にその継承をおこなった。

摂関体制の確立期にあたるこの時代、一〇世紀半ばの安和の変（九六九年、左大臣源高明が大宰府に左遷）を最後に、藤原氏の他氏排斥が完了する。が、他方では摂関家内部のヘゲモニーの掌握をめぐり、諸種の暗闘が一族間で繰り広げられた時期でもあった。

実頼—師輔、兼通—兼家、道隆—道兼—道長の各兄弟たちの争いがつづく。道長の登場は、そうした摂関の地位をめぐる一族間の内紛にピリオドを打つことになる。天皇家内部にあっても、王権の回復をめざす三条院の登場は、新しい方向を予兆させるものがあった。

道長と三条院との対立は、相互に権力への干渉を排するための暗闘でもあった。長い東宮時代の辛酸をへて即位した三条院には、期するところがあった。それへの抵抗勢力として動く道長、両者はこうした関係だった。

そしてより巨視的に見れば、「兄弟ノ次第」にともなう政治権力の継承原則を父子相承という形に定着させる流れで登場したものといえる。三条院は自己の王統への継承を敦明親王（小一条院）につなぐことで、摂関家の影響を排そうとした。しかし父の三条に代わり期待を託された敦明は、後一条天皇の皇太子たる自らの地位を辞退することで、道長側の勝利が決定する。

小一条院に代わる皇太子は、後一条天皇の弟で同じく彰子を母とした敦良（後朱雀天皇）だった（系図参照）。これにより、円融・冷泉の両統の迭立（てつりつ）は解消し、後一条天皇―道長ラインのもとで一本化することになる（保立道久『平安王朝』）。敗れし王統の三条院の流れは、その後、娘の禎子内親王（陽明門院）が後朱雀天皇に入内、後三条天皇が誕生し、白河院による院政の原点となる。その限りでは、三条院は単なる敗者とはならなかった。定家の撰歌意識にこの三条院の存在が影響していたのかもしれない。

「瀬を早み」――崇徳院の激情

いよいよ、崇徳院の登場である。王朝時代史のなかでも菅原道真とともに、後世に大きな影響をおよぼした人物といえる。敗者の系譜に位置し、怨霊として取沙汰された崇徳院の足跡は大きい。「百人一首」にはその崇徳院の歌として、次の一首を載せる。

77　瀬を早み岩にせかるる滝川のわれても末にあはむとぞ思ふ　　崇徳院

崇徳院

『詞花和歌集』（巻七、恋上）に「題不知　新院御製」と出ている。自らの恋を岩に激する滝川になぞらえ、桎梏を越えようとする恋の成就への意志が伝わる。保元の乱で敗れ、讃岐へと配流、帰京かなわず無念の想いで死去した崇徳院の歌となれば、定家の選択にこれまた意味を見出すことも可能だろう。

　三条院の場合もそうだが、この崇徳院もまた、そこには恋に仮託した真意が汲み取れるのではないか。いささかの深読みを承知でいえば、右の歌には、父の鳥羽院の強要で意に反し退位させられた崇徳院が抱く、息子である重仁親王の皇位実現への想いが重ねられているのかもしれない。久安年間（一一四五―五〇）の作である点を考慮すれば、そうした政治的な苦悩が投影されていたと考えたい。

　崇徳院は鳥羽天皇の第一皇子（顕仁）で、母は大納言藤原公実の娘、待賢門院璋子である。保安四年（一一二三）に五歳で即位、一八年の在位後、永治元年（一一四一）に二三歳のとき父鳥羽院の強い要請で退位した。

歌才にめぐまれ、秀歌も多いという。歌才云々でいえば、後にも登場する西行（86「なげけとて……」）はこの崇徳院を敬慕しつづけたようで、讃岐で死去した院の墓に仁安三年（一一六八）秋、詣でたという。そのおり、西行の詠歌に霊の感応のゆえか三度の震動があったという（『保元物語』）。

みがかれし玉の臺をつゆふかき野辺にうつしてみるぞかなしき

この西行の讃岐行の話は、後世さらに肥大化して、怨霊伝説とともに文学に吸収される。有名な上田秋成の『雨月物語』（安永五年）巻頭の「白峯」には、ここを訪れた西行に院の亡霊が悲憤を語る情景が載せられている。

「日本国の大魔縁」

保元の乱は『愚管抄』がいみじくも指摘したように、「武者ノ世」の始まりとなった。この乱のいきさつは了解のうちとして、ことあらためて述べることはしない。例によって崇徳院の周辺にかかわるテーマで掘り下げよう。

まずは三条院以後の流れで特筆されるのは、やはり院政の成立だろう。院政とは、王位をゆずった上皇＝院が家長として、「治天ノ君」の立場で幼年の天皇を後見するもので、平安後期の王権の構図の画期をなした。この歌の作者崇徳院の時代は、その院政期の王権にからむ複雑な政治事情が顕在化している。

崇徳院登場までの大局は次のような流れとなる。後一条―後朱雀―後冷泉の各天皇と道長―頼通の

鳥羽天皇を中心とした略系図

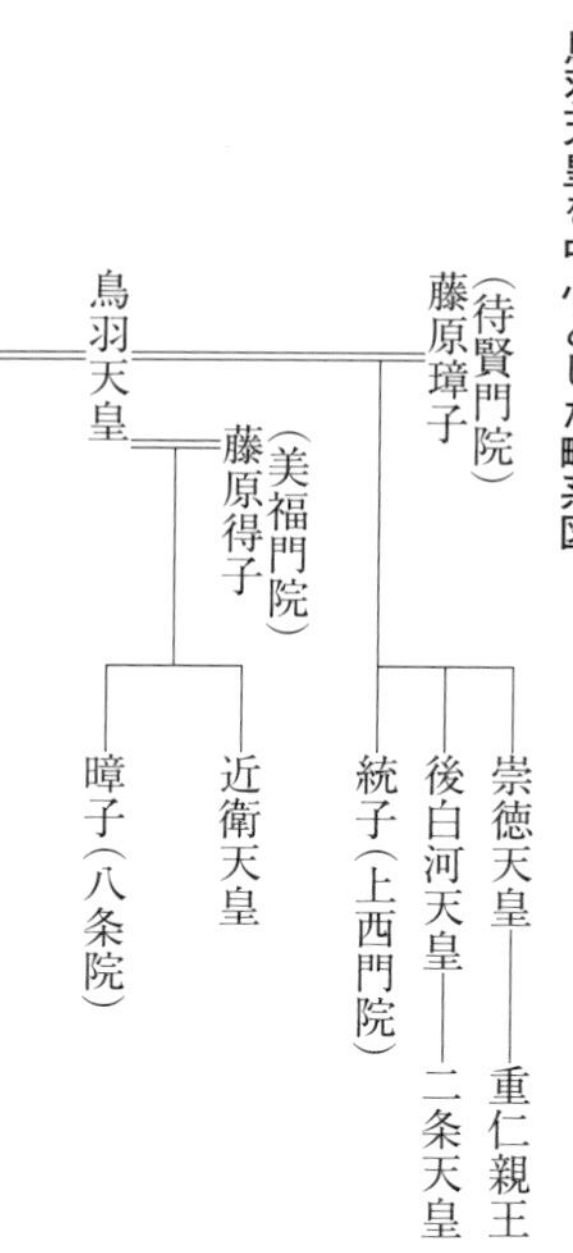

摂関全盛期をへて、後三条天皇の時代が到来する。先にふれたように、その母禎子内親王は三条院を父とした。

後三条院と頼通の対立は、かつての三条院と道長のそれを想起させるが、摂関家と疎遠な後三条院の登場で、以後の時代は白河—堀河—鳥羽という父子の継承の段階を迎えることとなった。とくに摂関期の王位継承が天皇—皇太弟という兄弟関係に規定され、両統迭立の事情をもたらした点からすれば、院政期の継承の在り方は異なるものがあった。

崇徳院の場合にあっては、叔父子としてその出生に父の鳥羽院から疑念をもたれたこともあり、後三条—白河—堀河—鳥羽の各天皇に見る父子間の継承とは事情を異にした。鳥羽院の寵姫美福門院得子（びふくもんいんとくし）を母とした異母弟近衛（このえ）天皇への譲位の強要と、近衛死去にともなう後白河天皇の即位という事態のなかで、兄弟間の権力の争奪が再び表面化することとなった。ここにいたって、かつての王位継承における兄弟の対立の構図が再現されることになった。これが保元の乱の発端である。

摂関家・源平両氏をふくめた戦闘は、後白河天皇側の勝利で終わるが、敗者となった崇徳院は怨霊という形で取沙汰されるにいたる。乱後、讃岐へと配流された院は、望郷の念にかられつつも帰還が許されず、四六歳で死去した。

その崇徳院が「望郷の鬼」と化し、「日本国の大魔縁となり、皇を取て民となし、民を皇となさん」と語り、舌先を食いちぎり、流血をもって神仏に誓状をしたためるという『保元物語』の描写は、幽鬼迫るものがある。

そこには、自らが怨霊となり、魔道にあって身分秩序を壊すべく皇と民の入れ換えを策そうとしたことが語られている。後世の附会だとしても、崇徳院の強烈な怨念が「武者ノ世」を現出し、そのなかから武家の政権が誕生したことを考えれば、そこに時代に根ざした変革の予兆が代弁されていると解することもできる。

崇徳院の追号は安元三年（一一七七）七月のことだった。さらに寿永二年（一一八三）には、保元の乱の戦場跡に粟田宮を創祀し、その霊をなぐさめた。近代明治の時期には香川にあった崇徳院を祀る白峯宮（現・白峯神宮）を京都に移した。早良親王（崇道天皇）、菅原道真とともに、崇徳院は平安王朝四百年で人々をもっとも畏怖させた怨霊に数えられた。平安時代はまさに早良親王に始まり、この崇徳院の怨霊で終わるともいえる。

すべての歌に対し、定家の撰歌意識を云々することはできないにしても、「武者ノ世」への流れを決定づけた保元の乱での主役、崇徳院の存在は、王朝時代史の節目をなすものであり、和歌を介して時代を紡ごうとする定家なりの意図が反映されているとみてよいはずだ。

〝あぢきなき世〟への挑戦――後鳥羽院

「百人一首」の最後は、承久の乱での敗者、後鳥羽院そして順徳院でしめくくられる。承久三年（一二二一）に公家と武家が対立した乱における王朝権力の代表者として、両者は武家とどう対峙しようとしたのか。歌の世界にそれが反映されているのか否か。まず、後鳥羽院である。

99　人もをし人もうらめしあぢきなく世を思ふゆゑにもの思ふ身は　　後鳥羽院

『続後撰和歌集』（巻一七、雑中）に「題しらず　後鳥羽院御製」と載せられている。現状を憂慮する鬱屈した感情が詠み込まれており、後鳥羽のわだかまりの正体が見え隠れする。建暦二年（一二一二）、後鳥羽院三三歳の作だとされる。承久の乱は一〇年ほど後のことだ。

当然この歌には、新興の武家政権への複雑な想いも込められているはずで、数ある後鳥羽院の秀歌のなかで、あえてこれを撰んだ定家の心情もまた推して知るべしだろう。

指摘されているように、当初、彼が撰した百首のなかには、後鳥羽院や順徳院の歌は入っていなかった。鎌倉幕府への配慮があったといわれる。この問題は「百人一首」の成立事情に深くかかわるものだが、詳細は関係論文にゆずるとして、最終的には定家の遺志として二人の天皇の歌が入れられたという。

結果として、定家があえて後鳥羽院の右の歌を撰したとすれば、それなりの理由があったはずだ。

それは後鳥羽院自身が詠じた思惑と必ずしも連動する必要はない。撰者たる定家自身の問題だからである。いずれにしろ、右の歌には後鳥羽院が思い、定家が感じ取った共通の思惑が宿されていると見るべきだと思う。承久の乱という政治的変動と密接な距離があったと考えたい。

奥山のおどろが下もふみ分けて道ある世ぞと人に知らせむ

この有名な歌は後鳥羽院自らが撰した『新古今和歌集』に所載されているもので、「百人一首」所載の〝あぢきなき世〟の歌の四年ほど前のものだ。承元二年（一二〇八）五月の住吉御歌合での作とされる。歌意の多重性を了解しつつも、「道ある世」への希求を願う想いは、例の「あぢきなく世を思ふ」気分と同種であろうことは推測に難くない。

後鳥羽院

「おどろが下」とは棘（いばら）の道・棘路（きょくろ）で、転じて公卿の異称であったわけで、ここに込められた真意は卿相（けいしょう）百官を従え靡（なび）かせ、正当な政（まつりごと）を実現する道への親政宣言（堀田善衛『定家明月記私抄』）とも解されよう。

『新古今和歌集』という文化レベルで

の達成を終えた時点で、若き後鳥羽の内奥に漠然とではあるが、形になりつつある想いが育まれようとしていた。「道ある世」への強烈な意志が沸々と、そしてたしかに頭をもたげてきたのではないか。『新古今和歌集』以後、政治レベルでの変革に向けて、後鳥羽院は動き始めたのである。承久の乱はその後鳥羽院が「道ある世」を実行した沸点ということになる。

至尊の王権と至強の王権

崇徳院以後、後白河院の王統は大きく二つに分かれる。一つは後白河―二条―六条の各天皇へと継承される流れ、一つは二条の異母兄弟、高倉―安徳―後鳥羽へとつづく流れである。とくに後者の高倉（生母平滋子＝建春門院）、安徳（生母平徳子＝建礼門院）は〝平氏王朝〟とも呼称されるように、平氏一門との関係が深い天皇だった（高橋昌明『平家の群像』）。

そうしたなかで安徳天皇の異母弟後鳥羽天皇の即位は、治天ノ君＝後白河院の主導により、西海にのがれた平氏の天皇に代わり登場したものだった。ある意味では緊急性を前提としたものといえる。三種の神器なきままの即位だった。平氏滅亡後、神璽と神鏡はとり返されたが、神剣は出てこなかった。

「抑コノ宝剣ウセハテヌル事コソ、王法ニハ心ウキコトニテ侍べレ」（『愚管抄』）とあるごとく、武威の象徴たる「宝剣」（神剣）が海没したことは、完全なる王権の欠落を意味した。後鳥羽自身の心の闇にそのことへの想いがあったのであろう。

客観的には武家の権力は、失われた宝剣の代行者として、これを補完する役割を与えられたものとして登場した。このことのさらなる深い意味を探れば、次のごとき解釈が可能だろう。

東国に誕生した武家の政治権力が、従来の王朝国家の枠内から自立し、謀叛の政権として自己を主張し始める状況が出現する。治承・寿永の乱と呼称される内乱の意味でもある。そしてこの段階は後白河から後鳥羽にいたる伝統の王権とは別に、武家の新興権力（幕府）が東国に誕生する時代といえる。

天皇に代表される至尊（しそん）の権と、将軍による至強（しきょう）の権が並存する権力構造が生まれたのである。公武とよび慣わされている二重権力の祖型が形成されたともいえよう。治承四年（一一八〇）の内乱から四〇年、鎌倉殿頼朝の死去から約二〇年、東国を軸に形成された新たな政治的磁場を解消するための算段が伝統の王朝側から講ぜられた。

院政期の天皇継承

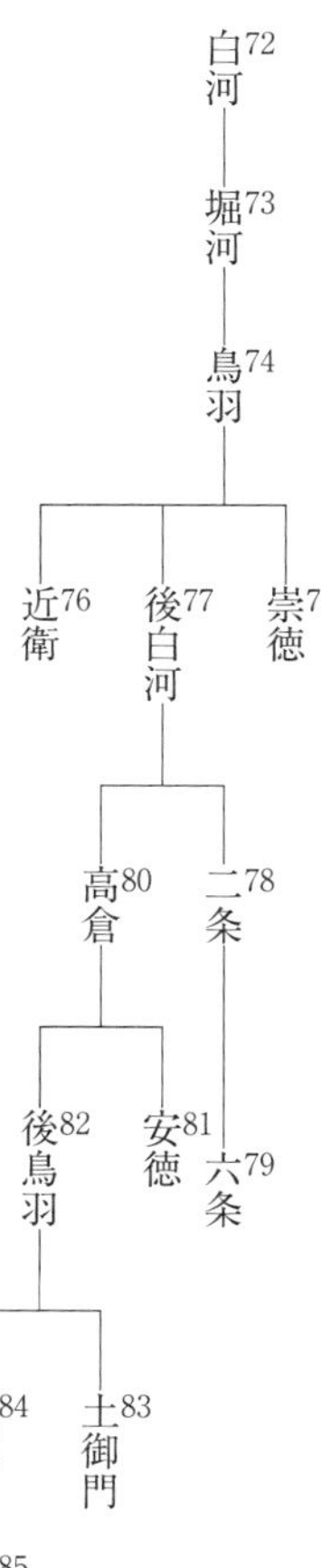

京都における王権の代表後鳥羽院による〝あぢきなき世〟への挑戦として、さらには「道ある世」への復活のための戦いが、承久の乱だった。

そこにいたるまでに王朝側は、頼朝—頼家—実朝という東国の王たる将軍たちを官職的秩序に位置づけ、これを包摂しようとしたこともあった。圧倒的文化的高みのなかで、自己と自己を取りまく王朝勢力の絶対性を意識した後鳥羽院にとって、『新古今和歌集』の編纂はその文化的高みを政治レベルに普遍化させる助走となった。

93　世の中は常にもがもな渚こぐあまの小舟の綱手かなしも　　鎌倉右大臣

東国の王、実朝の『新勅撰和歌集』(巻八、羇旅)からの採首だが、「鎌倉右大臣」の肩書がいみじくも語るように、撰者定家をふくめた王朝人の意識がうかがえる。官職的秩序における実朝は、武家の王ではなくあくまで王朝国家内部での一権門=右大臣にすぎない。このことへの強烈な意志こそが、後鳥羽院の「道ある世」への回帰にも通底する。

承久の乱で敗れた後鳥羽の無念は、これまた人々の記憶のなかに刻み込まれることになる。怨霊への恐怖心に共通するのは、勝者たる側にも自責の念を醸し、自らと自らが立脚する権力を浄化させるための鎮魂のセレモニーを演出させたことにある。

延応元年(一二三九)、隠岐配流後、在島一八年にして後鳥羽は死去した。享年六〇歳。そしてこの年から数年をおかず承久の乱の勝者であった北条時房、泰時、さらに三浦泰村までも死去する。

怨霊への畏怖がささやかれた。顕徳院から後鳥羽院への追号の変更をはじめ、水無瀬宮への鎮座の一連の措置も敗れし後鳥羽院の御霊への配慮だった。

「あまりある昔」への追憶――順徳院

100　ももしきや古き軒端のしのぶにもなほあまりある昔なりけり　　順徳院

「百人一首」の最後は右の順徳院で終わっている。父後鳥羽院とともに強硬・主戦の立場を貫いた。歌意はいささか比喩的でもある。

宮中の軒端の忍草を見つつ、かつての古き時代の威光を詠じたもので、「ももしき」(百敷)の枕詞や「忍草」と「昔をしのぶ」の懸詞が用いられ、王威の衰亡を嘆きつつ、かつての王朝の権威への追憶が伝わってくる。

『続後撰和歌集』(巻一八、雑下)に「題しらず　順徳院御製」として見える。

順徳院

第八四代のこの天皇はすでにふれた後鳥羽院の第三皇子で、母は従二位藤原範季の娘重子(修明門院)。承元四年(一二一〇)、兄の土御門天皇の譲位後に即位

順徳院を中心とした略系図

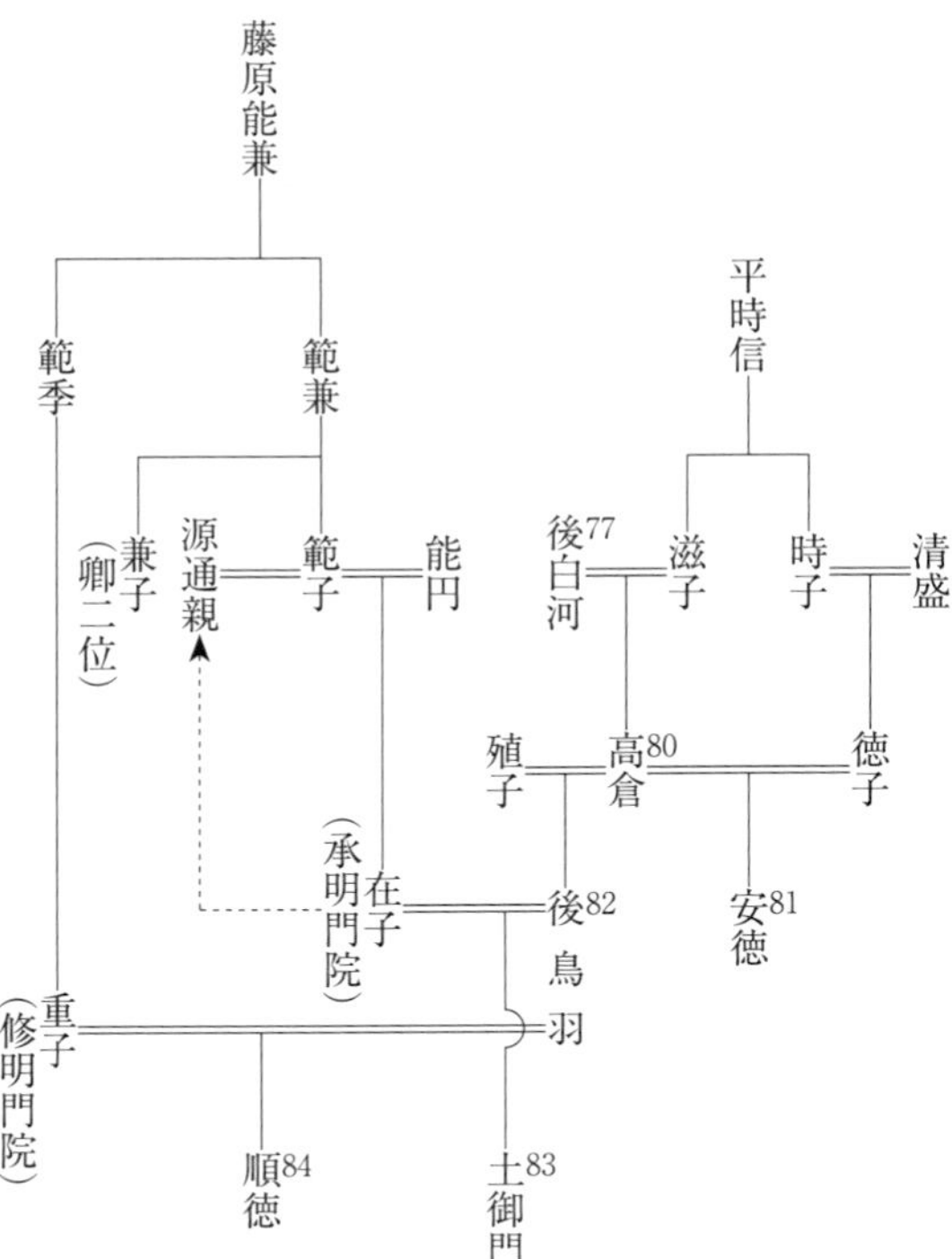

した。承久の乱の直前、二五歳で位を息子仲恭天皇に譲った。乱後は佐渡に配流、在島二二年、仁治三年（一二四二）に四六歳で死去した。おりしも鎌倉では北条泰時が時を同じくして亡くなっている。

父後鳥羽の影響もあり、文筆に秀で歌道・歌学にすぐれた作品を残した。あるいは有職故実の書として『禁秘抄』を著わすなど活躍が多方面にわたる。

「帝　聡敏ニシテ、英気有リ」とは『大日本史賛藪』の順徳院への評だが、一方で「新院（兄土御門上皇）ノ言ヲ以テ、懦緩ニシテ事機ニ切ナラズ」（臆病で適切な判断ではないと退けた）とし、「群小ノ謀ヲ用ヒ、以テ本院（父後鳥羽上皇）ノ挙ヲ賛ク」と論難する。

要は自らの力を恃み、現状追認を非とするその意志が父後鳥羽との協同歩調を可能にさせることになる。在位の一〇年は後鳥羽上皇の院政下ということになるが、順徳院の討幕への強固な意志は後鳥羽の影響とともに次のような事情も考えられよう。

一つは天皇の外祖父範季が幕府に追討された義経と親しく、これへの同情から反幕的気風がその環境にあったこと、さらに外祖母でその養育にたずさわった従三位典侍教子は清盛の姪であり、これまた東国武家への感情を考える場合の参考となろう。

「なほあまりある昔」といういわば延喜・天暦の聖代への想いも、往時の王朝時代への回帰にほかならないが、それは父後鳥羽が〝あぢきなき世〟と現状を想い、歌にその焦燥感を託した場面と同じだろう。「百人一首」に採られた後鳥羽院・順徳院両人の歌は、その数ある秀歌のなかでも異質に属す。つまりは現状批判が宿された政治的臭いが強い。

不満は批判をよび、批判は変革を志向することとなった。こうした敗北の帝王たちへの哀情が定家をして、離島で無情の道へ赴かざるを得なかった二人への鎮魂のための撰歌へと向かわしめたのではないか。

王威の終焉

百首の最後を飾る順徳院の歌を介して、王朝の意志を看取し得る。平安王朝の余薫がただよっていた時代、その矜持をかけて編ぜられた後鳥羽院の『新古今和歌集』は、まさに王威の結晶だった。自らが撰者として加わり、馥郁たる王朝文化の粋をそこに表明したのであった。

順徳院における王威の体現は、父後鳥羽と同じく歌の世界と同居しつつも、さらに尖鋭化した形で現われた。先述した『禁秘抄』は歌論・詩歌をわが物とした院が、王威の復活と伝統の継承を命題として、わが身とそれを取り巻く朝廷・公家社会の故実をしたためることにあった。

新興武家があがいても、あがききれない文化の圧倒的厚みを示そうとしたのではなかったか。従来も『西宮記』『北山抄』などの有識書は存在したが、それが天皇自身の手になるという点で『禁秘抄』は画期といえる。朝廷における行事・儀式こそが王威の光源であり、それこそがまた自らのアイデンティティーの保証につながる。順徳院の『禁秘抄』への想いは、そうした意味をはらんでいたにちがいない。

天皇手ずからの有職故実書という点では、後醍醐天皇の『建武年中行事』も同じだろう。異形の王権と形容される後醍醐の自己主張の一つが、行事・儀式に連動していた点はやはり興味深い。

後鳥羽院・順徳院がおこした承久の乱も、後醍醐による元弘の乱も武家への対抗として現われた。話をさらに膨らませるなら、江戸の幕府を倒して成立した明治維新は、王政復古を標榜するなかで、権力の正当性を歴史に求めた。明治前期に始まる歴史上の人物の顕彰行為（具体的には位階の増位による顕彰）がそれであった。

反武家を旗印にした点では、承久の乱も、元弘の乱もそして明治維新も共通する。その明治の政府が王威の回復のために戦った後鳥羽院・順徳院側の敗者たち、あるいは後醍醐天皇側の南朝の臣たちに、こぞって贈位をほどこし顕彰していることは、冷やかながら歴史の壮観といえる（この点、拙著『「国史」の誕生』）。

翻って、定家の撰歌意識を思うとき、王朝の挽歌としての意味合いをそこに投影させていたのだろう。王朝主義への回帰をめざし敗北した後鳥羽・順徳両院の歌に、定家は一つの時代の終わりを感じ取っていたのではなかった。「紅旗征戎（こうきせいじゅう）、吾ガ事ニ非ズ」（『明月記』）を標榜した定家にとって、その超然たる高踏気分を歌に託することが時代に参加することにつながった。「百人一首」は、武家をその胎内に宿さない〝中世の春〟を定家なりの形で表現したものだった。

Ⅲ 男と女——「恋は曲者」

元良親王——和泉式部——権中納言敦忠——右大将道綱母——儀同三司母——紫式部——清少納言——左京大夫道雅——寂蓮法師

右の詠み人たちが、この章での主役だ。「男女の仲をも和らげ」とは、『古今和歌集』がいみじくも語る「やまとうた」の効用である。「百人一首」の過半は恋の歌である。そこには後朝の恋もあれば、悲恋、片想い、そして忍ぶ恋とさまざまだろう。まことに「恋は曲者」だ。

謡曲の『花月』のなかに表現されているこのフレーズほど含蓄に富んだ表現は少ない。本章のキーワード「男と女」から切り取られる場面を「曲者」で代弁させたのは、文字とは異なる世界で恋の詠み人たちの心象を探りたかったからでもある。

恋愛の裏面をわずかでも覗き見することは、読者の夢を壊すことにもなりかねないが、それはそれ、壮大な王朝絵巻のイメージをいささか醒めたまなざしでながめるのも一興だろう。

そのうえで、各時代の作者たちにまつわる人事、人間関係のさまざまを紡ぎながら、別趣の王朝時代史を練り上げようと思う。恋は王朝時代の実相を探る特効薬となろう。

恋する親王たち

ここでのトップバッターは、元良親王である。陽成天皇の第一皇子。陽成の不本意な退位がなければ、王位継承の最有力候補だった人物だ。

母は主殿頭（とのものかみ）藤原遠長の娘。兵部卿、式部卿をへて、天慶六年（九四三）に五四歳で死去。家集『元良親王集』には恋の贈答歌が目立ち、色好みの親王として浮名を流したようだ。

20　わびぬれば今はた同じ難波なるみをつくしても逢はむとぞ思ふ　元良親王

『後撰和歌集』（巻一三、恋五）に「事出で来てのちに京極の御息所（みやすどころ）につかはしける　元良の親王（みこ）」とある。

右の歌にあっては、自身の恋のつらさを澪標（みをつくし）＝身を尽しに懸け、わが身を棄てても逢おうとする切なる気持が語られている。強烈な熱情のほとばしりは、「13　こひぞつもりて淵となりぬる」の激しい一途さを詠じた父陽成院の個性にも通じる。

元良親王

秘事なる恋の相手、京極御息所とは、

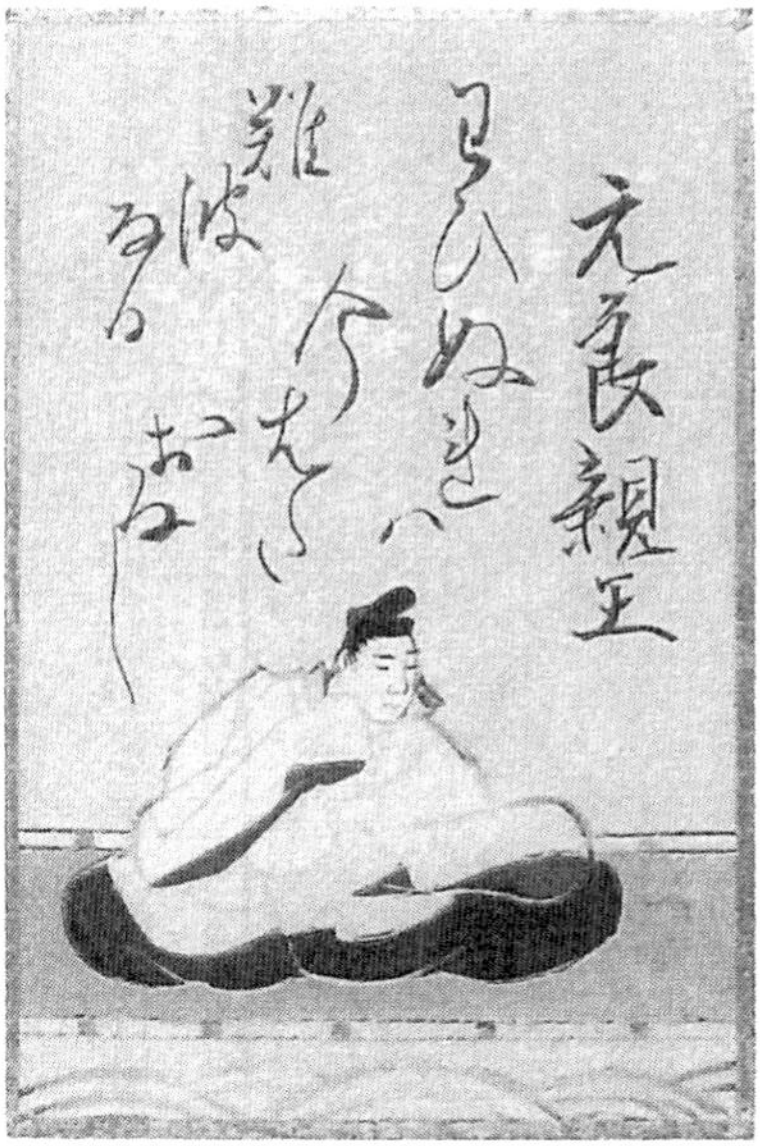

時平の娘褒子で、宇多院の女御となり、雅明・載明ら、三親王を生んでいる。彼女については、醍醐天皇の女御になるというその夜、急に御幸した醍醐の父の宇多法皇が彼女を見て「この老法師にたまはりぬ」と押し取ったとの話は有名（『古来風躰抄』）。世が世で元良が王位を継いでいたなら、宇多の立場にはこの元良がついたはずだった。

こんなことを思えば、右の歌もなおさら切ないものが感じられる。親王との恋というテーマでいえば、この宇多―醍醐朝の歌人伊勢と、敦慶親王（宇多の第四皇子）との恋も知られる。「百人一首」でいえば、この元良親王の一つ前に伊勢の歌が見える。

19　難波潟みじかき蘆のふしの間も逢はでこの世をすぐしてよとや　伊勢

『新古今和歌集』（巻一一、恋一）に「題しらず　伊勢」と見えるのがそれで、恋の逢瀬を蘆の短いふしにたとえ、募る情を詠じた内容で、ここでの相手が敦慶かどうかはわからない。伊勢は宇多天皇の中宮温子に仕え、天皇の寵を得て親王を生んだが、親王は早世した。

その後、宇多の第四皇子敦慶親王に愛された。女流歌人として名高い中務は、その敦慶との子だった。伊勢は父藤原継蔭が伊勢守であり、その官名に由来した女房名である。小野小町とともに、王朝初期の女流歌人の双璧とされる。

同じく親王との恋で知られるのは、和泉式部だ。相手は、冷泉天皇の皇子弾正宮為尊親王、帥宮敦道親王たちである。王朝時代の花形歌人ともいうべきこの人物は、相ついで右の親王たちに愛された。

56　あらざらむこの世のほかの思ひ出にいまひとたびの逢ふこともがな　和泉式部

『後拾遺和歌集』（巻一三、恋三）に「心地れいならず侍りける頃、人のもとにつかはしける　和泉式部」とあるように、病い篤きおりに、逢いたさが募り恋した男性に贈ったものとされる。人生の晩節に臨んでの想いと解する向きもあるが、果たしてそうかどうかは定かではない。その相手が右の親王であったか否かもわからない。が、多情の女流歌人和泉式部が恋したなかに親王たちがいたことはまちがいない。『和泉式部日記』には、その恋の遍歴が赤裸々に見えている。

和泉式部

和泉式部は越前守大江雅致の娘で、道長の娘上東門院彰子に仕えた。その名は夫である和泉守橘道貞の官名によった。その道貞とのあいだに生まれたのが小式部内侍（60「大江山いく野の道の遠ければ……」の作者）である。

道貞との離別後、為尊親王に愛されたが、その死後に弟の帥宮敦道の想い人となった。この敦道の母は兼家の娘超子。

外祖父の兼家の邸で育てられ、道隆の娘婿となったが、やがて和泉式部との艶名をはせた。『和泉式部日記』にはその敦道との約一年におよぶ恋がつづられている。

秋の夜の有明の月の入るまでにやすらひかねて帰りにしかな

（『和泉式部日記』『新古今和歌集』恋三）

の歌の相手は、まさに敦道親王だった。その敦道も寛弘四年（一〇〇七）、二七歳で死去する。

中納言敦忠の懸想の相手

ここでも主役は宇多—醍醐朝の人々を軸に語りたい。時平の三男敦忠とこれを取り巻く女性たちである。

43　逢ひ見ての後の心にくらぶれば昔は物を思はざりけり　　権中納言敦忠

いささか意味深長な歌意だ。契りを結んだ後、これが「逢ひ見ての後」の意味だろう。後朝という奥ゆかしいことばもある。以前と以後の情のおももちを詠じたものだが、作者敦忠のこの恋に懸ける強い思いが伝わってくる。

その懸想の相手とは誰なのか。『拾遺和歌集』（巻一二、恋二）に「題知らずよみ人知らず」とあるが、家集『権中納言敦忠卿集』によれば、「みくしげどのの別当」だと記されている。聞き慣れない語だが「御匣殿（みくしげどの）」と表記する。『官職要解（かんしょくようかい）』（和田英松著）などを参考にすれば、御匣殿は内裏の貞観殿（じょうがんでん）におかれた天皇の装束裁縫に携わる役所で、別当はその長官。原義は別にして、更衣（こうい）や御息所（みやすどころ）と同じく、女御の予備軍である。

忠平の娘貴子（きし）が敦忠の相手「御匣殿の別当」だった。興味深いのは『敦忠卿集』に「みくしげどのの別当に、しのびてかよふに、親聞きつけて制すと」の詞書（ことばがき）があり、これにつづけて、「逢ひ見ての」の歌が見えている。

左の略系図を参照すればわかるように、敦忠にとっては貴子の父忠平は叔父にあたる。前章で述べたが、時平系は例の道真の怨霊が憑りついたと噂されるほどに短命だった。

貴子は醍醐の皇太子保明（やすあきら）親王の女御だった。だが、次期の王位を約束された保明は延喜二三年に早世した。これもすでにふれた如く怨霊の所為とされた。そんな世情のなかで敦忠は貴子に情を通わせた。

敦忠を中心とした略系図

- 基経
  - 時平
    - 保忠
    - 顕忠
    - 敦忠
  - 仲平
  - 忠平
    - 師輔
    - 貴子（＝保明親王）
  - 穏子（＝醍醐天皇）
    - 保明親王
- 醍醐天皇
  - 雅子内親王

忠平がその情事にストップをかけたというのも、理解できぬことでもない。忠平にとっては天皇の外祖父の地位を得るためには、貴子はまだ掌中の玉になる可能性が残っている。何しろ皇子が多い醍醐なので、御匣殿別当に止めおくことにしたにちがいない。

だからこそ妙な噂はこまる、というのが父忠平の思いだった。「親聞きつけて制す」とは当然の判断でもあった。一方、

右　近

敦忠は、父時平の死によって運命が狂わされた。〝恋こそ命〟とばかりに女性遍歴が重なる。

「逢ひ見ての後の心」にまではいたったものの、成就にまではいたらなかった貴子との恋だが、醍醐天皇の皇女雅子内親王との恋も知られる。敦忠の歌集一四五首の多くがこの内親王との贈答歌で占められているという（目崎徳衛『百人一首の作者たち』）。斎宮であり、かつ皇女という立場でもあったため、敦忠の想いはこれまた挫折する。そしてこの雅子内親王はその後、忠平の次男師輔に嫁することになる。忠平の壁がまたしても立ちはだかった。

敦忠に関しては右近との恋も有名だ。彼女は右近衛少将藤原季縄（すえなわ）の妹（娘とも）で、穏子（おんし）（醍醐の后、基経の娘）に仕えた。女房名はその兄（あるいは父）の官名によった。

38　忘らるる身をば思はず誓ひてし人の命の惜しくもあるかな　**右近**

『拾遺和歌集』（巻一四、恋四）に「題しらず　右近」とあり、この歌の相手が誰かは不明だ。敦忠をはじめ、敦忠の恋敵師輔、さらには朝忠（三条右大臣定方の五男）と浮名を流したとされる。「忘れらるるわが身がどうなろうと、気にはしない。先長くかたく約束したあなたが、その誓いを破ったため神罰を受け早く世を去るのではないかと、その命が惜しまれて悲しいことよ」……こんな意味の歌である。たしかに敦忠は短命だった。天慶六年（九四三）、三六歳で死去しているので、想像として、右近の相手が敦忠だったとすれば興味も倍増する。

右近が自らを客観視してこの歌を詠じたとすれば、何とも素晴しい。忘れらるるわが身はともかく、誓い合った相手の身を案ずる優しさが浮き彫りにされている内容だが、少し意地悪く読めば、愛の誓いを破った男に神罰が下ることへの心配――自意識過剰な高慢とも解釈できる。

短命だった時平系のことを考えれば、右近の底意の深さも想像できる。これはあくまで想像での話だが、だとすればまことに恋は〝曲者〟だ。

愛はかげろうか

時代は少し下る。醍醐朝から一一世紀の一条朝前後に。ここでの主題は母の恋である。「百人一首」の作者で母として登場するのは、右大将道綱母と、儀同三司、すなわち藤原伊周の母の二人である。

道綱母と儀同三司母の関係略系図

師輔―兼家
時姫＝兼家＝倫寧女
兼家・時姫の子：道隆、道兼、道長
兼家・倫寧女の子：道綱
高階貴子＝道隆
道隆・高階貴子の子：伊周（儀同三司）、定子

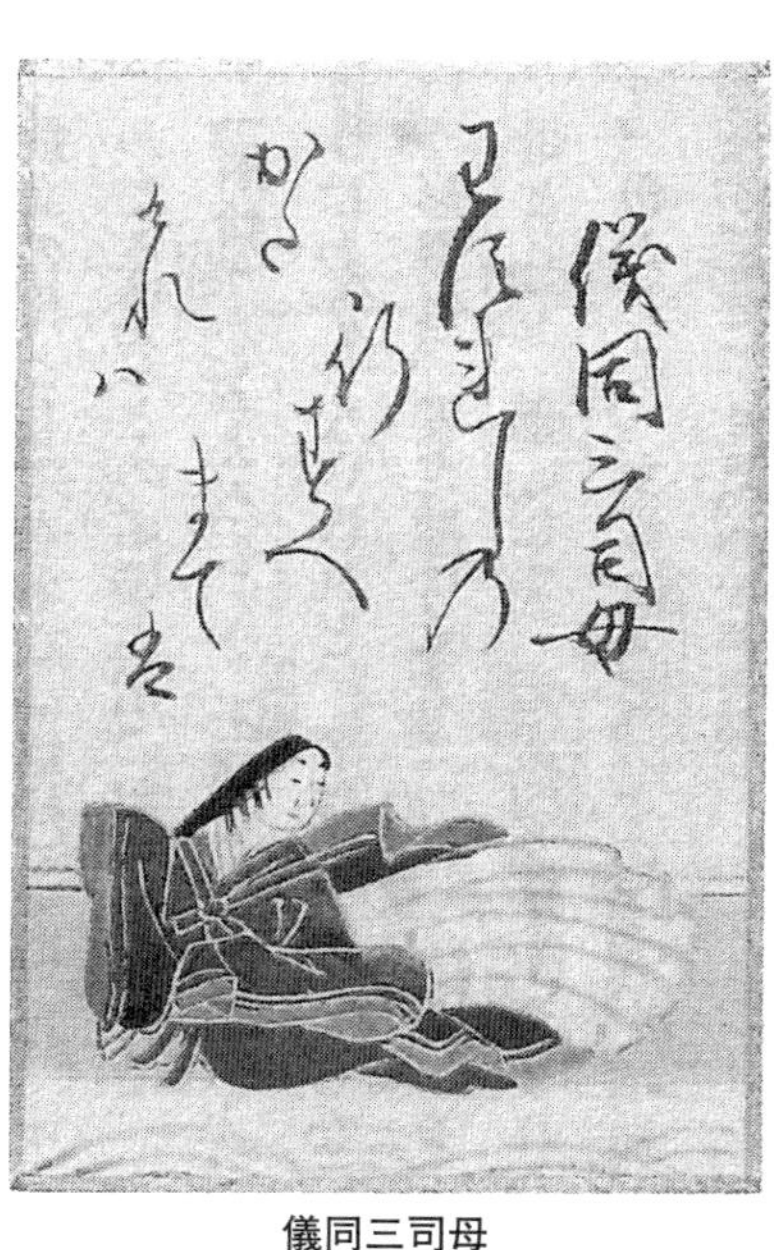

儀同三司母

53　歎きつつひとり寝る夜の明くる
　間はいかに久しきものとかは知る
　　　　　　　　　右大将道綱母

54　忘れじの行く末までは難ければ
　今日を限りの命ともがな
　　　　　　　　　儀同三司母

二人の女性を系図上で示せば前頁のようになる。二つの歌に共通する感情は、恋の季節が終わり母となった両者が、夫たる兼家や道隆への愛のおぼつかなさや不安だろうか。

まず前者の道綱母の歌からみてみよう。『拾遺和歌集』（巻一四、恋四）に「入道摂政まかりたりけるに、門を遅く開けければ、立ちわづらひぬと言ひ入れて侍ければ」とある。

夫兼家の深夜の訪問に業を煮やした彼女が当てつけがましく、夜々の訪問を待つ身のつらさを詠じた内容となっている。内容まで詳しく論じている余裕はないが、待つ身の女性のつらさが伝わってくるようだ。

彼女の作として有名な『蜻蛉（かげろう）日記』は、天暦八年（九五四）から天延二年（九七四）まで二一年間にわたる兼家との結婚生活の記録といえる。

「蜻蛉」の名よろしく、王朝女性の愛のうつろいと苦悩がつづられている。いうまでもないかどうかはわからないけれど、恋は〝定住〟しないものと相場が決まっているらしい。つまりは結婚という形態は、安定期に入ると〝化学変化〟をおこす。少なくとも男性一般にその傾向があるという。

母として、妻として、恒常的な愛が育まれたとしても、そこには〝かげろう〟的要素がつきまとう。母として、女性として、そのことを承知しつつも、〝かげろう〟ならざる愛に想いを馳せたい場面が見えてくる。

儀同三司母の場合も大きくはちがわない。〝愛は永遠〟との相手のことばに期待を寄せながら、その熱き情を冷まさないために、今日を限りの命としたい。これまた男のうつろう愛の行く末を案じた女心が伝わってくる。

夫の道隆は兼家の長子で摂関家の嫡流だった。ただ『大鏡』その他の記述からも知られるように、一〇世紀最末の長徳疫病（ちょうとくのえきびょう）の蔓延のさなか酒毒で死去した人物である。

この歌は『新古今和歌集』（巻一三、恋三）に「中関白かよひそめ侍けるころ」と見えており、その道隆と結ばれたころのものだ。儀同三司とは聞き慣れない肩書だ。いわば大臣に准ずるというほどのもので、三公と儀を同じくするとの意味。三公（三司）とは太政大臣、左右大臣を指し、長男の伊周がその地位にあったことによる。

「三平」と「三道」――権力維持のための共生・共存

ここでは摂関の地位の継承のされ方についてふれておこう。左の略系図で□で囲んだ人物はいずれも庶流に位置した。時平に対する忠平、実頼に対する師輔、兼通に対する兼家、そして道隆に対する道長といった具合である。

庶流が嫡流へと転じたのは偶然的要素（嫡流が短命であったこと、子女の入内による皇子の誕生など）が強い。その限りでは運が大きい。つまりは、思われているほど嫡庶は固定されていなかったのだ。摂関・大臣各家が王家との婚姻に色めくのも、血縁関係の形成を通じて王権内部に枢要な位置を与えられるからにほかならない。

一族・兄弟がその子女の入内次第でライバルとなった。骨肉の争いであるが他方ではそれは摂関・大臣家レベルでの一門内部の競合であって、他氏はここから排されていた。そこでは同時に一門内部で共生・共存の力もはたらく。

つまりは競争と共生の二つの原理が、こと入内に関する限り同居していたともいえる。

『大鏡』は一〇世紀前半の時平・仲平・忠平を「三平」とし、後半の道隆・道兼・道長の「三道」と対比して表現した。その「三平」から「三道」へと移りゆくなか、摂関体制が確立されてゆく。

それゆえに内部に対しては、摂関・大臣家同士に競争の原理が作用し、外部には藤原氏一門としての権力維持のための共存・共生として入内問題が機能する。「三平」から「三道」にいたる段階はその二つの原理がバランス良く同居していたともいえる。

話を歌の作者である二人の母たちに戻すと、その子である道綱や伊周の存在は、いささかかすむようだ。

道綱は右大将であったが、ほかの兄弟である道隆・道兼・道長（「三道」）たちと比べ、明らかにその官職は低い。いうまでもなく兼家の嫡妻時姫（ときひめ）（摂津守中正の娘、道隆・道兼・道長の母）と道綱の母との差だった。『蜻蛉日記』には賀茂祭での兼家の二人の妻妾（さいしょう）たちの確執のことも見えているが、道綱に関しては、右大将が限界だった。

そして儀同三司伊周だが、叔父道長との確執は有名だ。道隆が死去し、待望の摂関を継いだ道兼（粟田関白）も数日で病没。偶然のなかで弟の道長の内覧（ないらん）（摂関に準ずる職）が誕生した。姉の東三条（とうさんじょう）院詮子（いんせんし）の尽力が大きかったことは、これまた『大鏡』や『栄華物語』に詳しい。

「三平」と「三道」の略系図

- 基経
  - 時平
  - 仲平
  - 忠平
    - 実頼
    - 師伊
    - 師輔
      - 兼通
      - 兼家
        - 道隆
        - 道綱
        - 道兼
        - 道長

この人事に内大臣伊周の周辺が猛然と反発する。伊周は正暦二年（九九一）に一八歳で参議、三年後に道長をぬき内大臣と異例の栄達をとげていた。翌年、内覧の宣旨を得たが、父道隆の死で権勢は叔父の道兼・道長へと移る。ともかく伊周・道長の

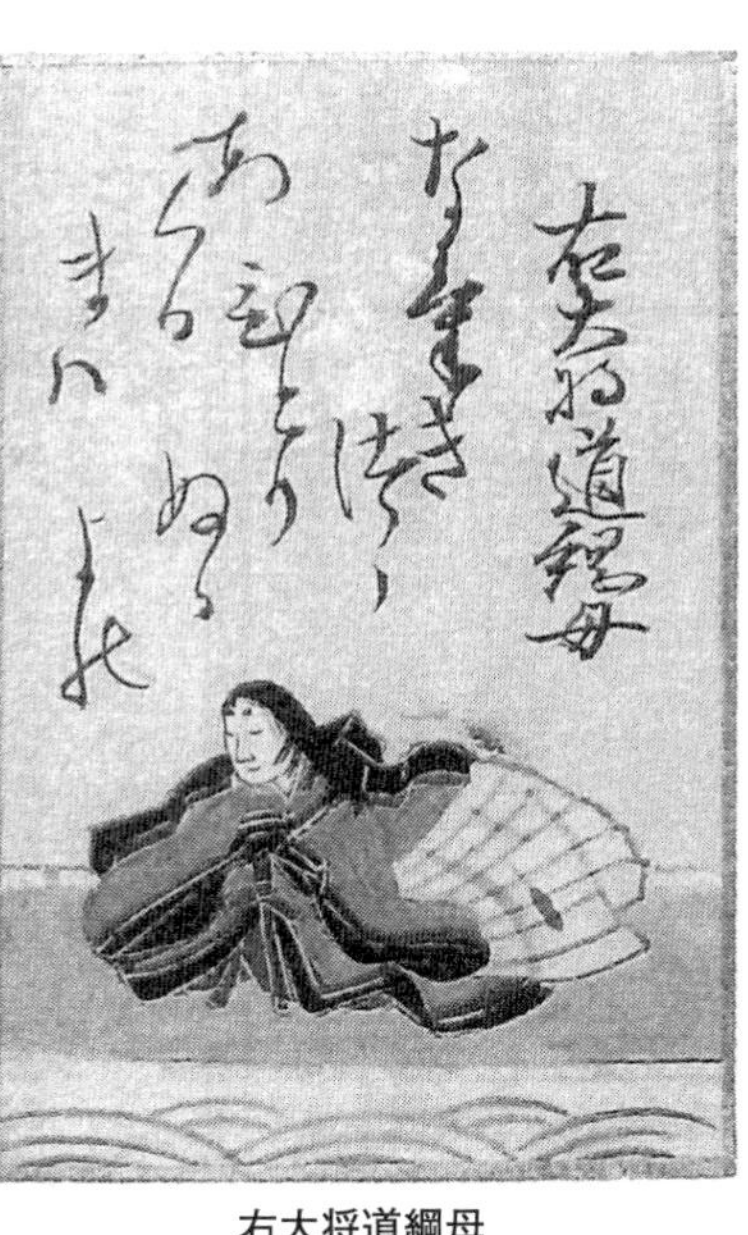
右大将道綱母

争いは、一条朝の一大スキャンダルとして人々の関心の的となった。

道長の娘彰子と道隆の娘定子（伊周の姉）の抗争も有名である。一条天皇の嫡妻として、皇后・中宮という立場で定子と彰子が入内する。いわば娘たちによる代理戦争だ。伊周と道長の対立も、そうした流れの一環だった。結局は道隆の早すぎる死によって、儀同三司という肩書を与えられていた伊周だったが、花山法皇不敬事件（藤原為光の娘を愛人としていた伊周が、その妹に通う花山院を恋敵と誤解して、矢を射させた）の責任から大宰府に左遷され、没落することになる。

王朝人の結婚——道綱母の場合

右大将道綱母は兼家を夫としたが、その嫡妻ではなかった。『蜻蛉日記』では彼女が嫡妻の時姫を気にかけた記述も見られる。以下ではこの道綱母の生き方について、王朝時代の貴族たちの婚姻という観点から『武士の登場』（竹内理三著）などを参考に見ておこう。

婚姻一般に関していえば、歴史的には妻問婚—婿取婚（招婿婚）—嫁取婚という流れで整理できる

（高群逸枝『招婿婚の研究』）。まず妻問婚は字義通り男が妻のもとに通う形態で、多夫多妻が原則だった。夫婦は別居しており、かりに同居の場合も〝滞在〟という観念が強いとされる。生まれた子は母の親族により扶養された。だから子女扶養の場である家は、女性に伝えられた。

平安時代に婿取婚が登場すると、しばらくは従来からの妻問婚と混在していたが、大きな流れでは一夫多妻の方向となる。女性は夫以外の男性を相手とせず、妻側の家に夫が同居する。この場合、女性の親と男性が生活をともにすることも多かった。あるいは新居で生活することもあったが、多くは婿取の主体だった妻側の親が世話した。

道綱母の略系図

源認女＝藤原倫寧
　├長能
　├女子＝藤原為雅
　│　└中道
　├女子（道綱母）＝藤原兼家
　│　└道綱
　└女子＝菅原孝標
　　　└定義

そして、最後は嫁取婚だ。中世を通じて一般的となったもので、南北朝あたりが一つの節目だとされる。今日の一夫一婦制は、これが前提となっている。

以上のことをふまえ、『蜻蛉日記』などから彼女の家族構成について整理しておこう。

右の略系図でわかるように、二女の道綱母もふくめ一男三女の構成をとる。かれらの母は源認（みとむ）の家を継承し、ここに倫寧（ともやす）が通った。

倫寧の屋敷は別にあったが、子女たちは妻の家で暮らしていた。

婿として他家に入った長能（ながよし）（和歌の名手とされ、後述する能因法師と子弟の関係を結んだ人物。『十訓抄』〔巻四〕にも逸話がある）以外は、家に残った三人の女子それぞれが婿（夫）をもった。

道綱母の姉妹はその後、この家を出て別の家をかまえたらしく、最終的に道綱母が叔母（おそらく認娘の姉妹）とともに、この家で暮らした。兼家はそこに通ってきたわけで、本宅は東三条邸にあった。「三十日三十夜をわがもと」にと願い夫兼家を彼女は自邸で待ちわびていた。それが日記を書かせる原動力ともなった。皮肉なことに、王朝女性のこうした結婚の形態がなければ、『蜻蛉日記』という傑作も生まれなかったかもしれない。

ちなみに、この東三条邸は兼家の娘詮子（せんし）の院号からもわかるように、道隆・道兼・道長のいずれにも譲られず、詮子が相続したという。

ライバル登場――紫式部と清少納言

I章で述べたように「百人一首」の女流歌人は全体の二割、そのうち女房たちが過半を占めていた。王朝ということばのイメージは、この女房の存在に負うところが大きい。

以下では「三道」時代の才女たちの世界を取り上げてみよう。恋を主題とした話が多いが、それだけではない。一条天皇時代の才女といえば『枕草子』の清少納言、『源氏物語』の紫式部が知られる。かれら両人の歌は〝情熱と冷静のあいだ〟よろしく、散文的気分が感じられる。それぞれ定子（父道隆）、彰子（父道長）に仕え、以下の歌が知られる。

57　めぐりあひて見しやそれともわかぬ間に雲がくれにし夜半の月影　紫式部

62　夜をこめて鳥のそらねははかるとも世に逢坂の関はゆるさじ　清少納言

紫式部の「めぐりあひて」は、『新古今和歌集』（巻一六、雑上）に「早くよりわらは友だちに侍りける人の、年ごろ経てゆきあひたる……」とあり、昔馴染みの友に再会したにもかかわらず、夜半の雲隠れの月の如く帰り去ったことの名残りが詠じられている。男女いずれかは不明だが、友の再会と惜別を月にこと寄せ歌ったもので、ウェット感はなさそうだ。

彼女の曾祖父中納言藤原兼輔は歌人としても知られる。父は越前守や越後守となった為時、母は為信娘で、ともに和歌・漢詩に秀でた家系だった。長保元年（九九九）ごろ山城守藤原宣孝と結婚、一女賢子（大弐三位）をもうけたが、夫とはまもなく死別、『源氏物語』執筆はその寡居生活のおりに始められたという。

寛弘二年（一〇〇五）、彰子に出仕、『紫式部日記』には敦成親王（後一条天皇）誕生前後のことがしたためられている。『尊卑分脈』には「御堂関白道長妾云々」と見えるが、これは『日記』によれば寛弘六年の夏の夜に道長が式部の局の戸を叩いたとの記事に由来するようだ。

もとより真偽はわからないが、道長がその文才を愛でたことはたしかだ。すでにふれた和泉式部（56「あらざらむ……」の作者）も彼女と同世代で同じく彰子に仕えており、紫式部がその奔放な歌風を「恥づかしげの歌よみ……」（『紫式部日記』）と評したように、対抗心旺盛だった。

紫式部

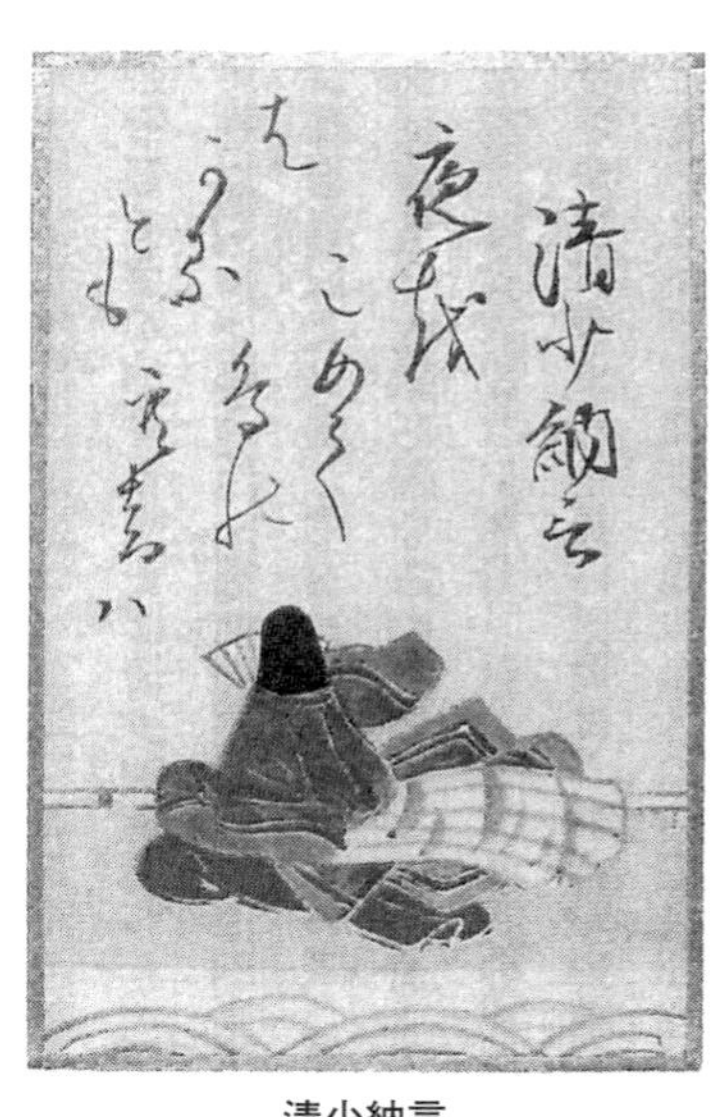

清少納言

定家は和泉式部につづけて紫式部をあえて並べたのだともいう（島津忠夫『新版　百人一首』）。作者の並べ方からいえば娘の大弐三位（58「ありま山猪名(いな)の笹原……」の作者）が式部の後にくるのも定家の味つけと考えてよい。何しろ「百人一首」には『源氏物語』を連想させる歌が三割近くにもおよぶらしい（上坂信男『百人一首・耽美の空間』）。定家にとって『源氏物語』は王朝的世界の象徴だった。

そしてライバルといえば清少納言ということになろうか。『史記』の孟嘗君(もうしょうくん)の故事（斉の孟嘗君が家臣に鶏の声を出させ、函谷関(かんこくかん)の番人をだまし、夜中に通過した話）をふまえて、才人として知られた大納言藤原行成(ゆきなり)（父は、50「君がため……」の作者、義孝。祖父は、45「哀れとも言ふべき……」の作者、謙徳公伊尹(これただ)。師輔流）との応酬を詠んだものという。

『後拾遺和歌集』（巻一六、雑二）の「大納言行成物語りなどし侍けるに……」で始まる詞書は、いささか説明がましく長い。要は、職務で中座した行成が夜半に戻ってきたおりに詠じたものということのようだ。深夜に鶏の鳴きまねで自分をたばかろうとしても、函谷関とはちがって男女の相逢う逢坂関では通じないとの歌意だろう。

軽妙な機知をまじえた内容で、随筆『枕草子』の作者らしい、これまた散文的な一首といえそうだ。紫式部が清少納言を評した、「したり顔にいみじう侍りける人。さばかりさかしだち……」との辛辣な表現をかりるまでもなく、賢さが彼女のウリでもあった。

万事、〝いとをかし〟を真骨頂とした清少納言にとって、当然にすぎる情念の交歓よりは、拈(ひね)りを加えたウィットがらしさ(ヽヽヽ)といえる。

父は清原元輔（42「契(ちぎ)りきなかたみに……」の作者）、夫は橘則光(たちばなののりみつ)。正暦四年（九九三）ごろ中宮定子の女房として後宮で活躍、藤原実方(さねかた)（51「かくとだに……」の作者）との交渉も深いとされる。実方は後述するが、行成と宮中で争い陸奥に左遷されたとされる人物で、清少納言をめぐるこの二人の男性の存在を考えれば、やはり〝恋は曲者〟なのだろうか。

才女の季節

「百人一首」53の右大将道綱母から62の清少納言までは、ズラリと女流歌人たちが顔をそろえる。

才女の時代ともいうべき状況だろう。王朝の雅にふさわしい気分が溢れ出ているようだ。ここでは、この才女たちを輩出した時代性についてもふれておきたい。次頁の略系図は主要な女流作家の関係を示したものだ。

まず才女の季節ともよぶほどに宮廷女房を輩出させた背景についてである。注目されることは、父、兄弟、夫などその一族が多く受領経験者だったことが挙げられるだろう。かれら中下級貴族の娘たちが女官として出仕、局・房を与えられる。平安期に入って後宮がこうして拡大したことで、彼女たちの活躍の場が広がったことが関係する。何しろ天皇への入内競争のなかで、上級貴族の子女の養育係が必要とされた。

それはともかく、一方で彼女たちが直接、間接に見聞した世界が文芸創作の肥やしになったことは、疑いないはずだ。

その清少納言についていえば、父清原元輔が河内や肥後国司の経験をもち、二人目の夫棟世は摂津守だった。ついでにいえば、元輔の肥後守は七〇の齢を優に過ぎた時のことで、有名な『枕草子』(「すさまじきもの」)の除目のおりの悲哀の光景もあるいは、いく度も任にもれた父元輔の原体験が、そこに投影されているにちがいない。

紫式部の場合、父為時は越前守、越後守、母も摂津守為信の娘で、夫の宣孝は山城守だった。宣孝との結婚の直前、彼女は父為時の越前赴任にあわせて任国に赴いており、多感な時代、わずかながら

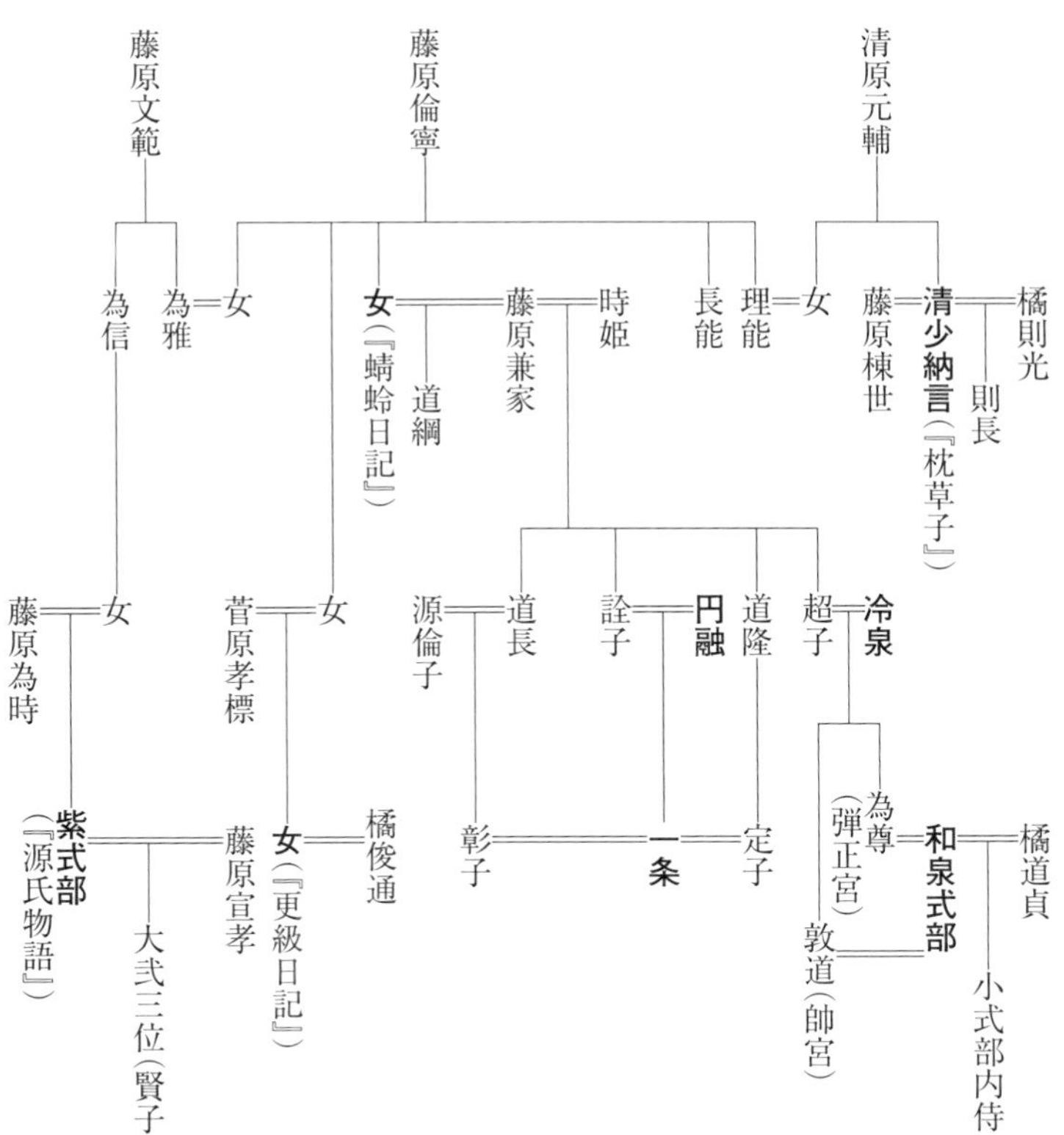
藤原文範
藤原倫寧
清原元輔
為信
為雅
女
女（『蜻蛉日記』）
道綱
藤原兼家
時姫
長能
理能
女
藤原棟世
清少納言（『枕草子』）
則長
橘則光
藤原為時
女
菅原孝標
女
源倫子
道長
詮子
円融
道隆
超子
冷泉
紫式部（『源氏物語』）
大弐三位（賢子）
藤原宣孝
女（『更級日記』）
橘俊通
彰子
一条
定子
為尊（弾正宮）
和泉式部
橘道貞
敦道（帥宮）
小式部内侍

女流作家関係略系図

も都を離れて地方を見聞していることも、彼女の作品に彩りをそえたはずだ。

ちなみに為時の受領就任は、式部丞（式部省の三等官）時代の功労によったが、他方で「苦学ノ寒夜、紅涙襟ヲウルホス」との詩が道長の目にとまり、越前守が実現したという（『今昔物語』巻二四―三〇）。いうまでもなく紫式部の名は、その父の官名に由来するが、父祖譲りの教養の高さも大きかった。

受領の娘という点では、「百人一首」には登場しないが、『更級日記』作者の菅原孝標の娘も同じだった。『更級日記』は父の任国上総から都までの道すがらのことどもが、体験として描写されている。そして孝標の娘と血縁に位置した前述の道綱母の場合も、その父倫寧は伊勢・河内・陸奥の国司を歴任している。「君をのみたのむ旅なる心には行く末遠くおもほゆるかな」（『蜻蛉日記』上）と倫寧が詠んだのは、兼家に娘を託して陸奥へと赴任するさいのことだった。

このほかにも和泉式部も父の大江雅致は越前守、母は越中守平保衡の娘、式部の前の夫は和泉守橘道貞、後の夫は兵として名高い丹後守藤原保昌だった。

『栄華物語』の作者とされる赤染衛門（59「やすらはで寝なましものをさ夜ふけて……」の作者）の実父平兼盛は越前・駿河守であり、歌人としても名高い（40「忍ぶれど色に出でにけりわが恋は……」の作者）。義父の赤染時用は大隅守。彼女も上東門院彰子に仕え、その後、大江匡衡に嫁し、長保三年（一〇〇一）、匡衡の尾張守への赴任とともに下向している。在任中の種々の話（農民たちの官物対捍に一宮真清田社に奉幣献歌して窮地を脱した）なども伝えられている。

以上、王朝の才女たちの多くは中下級貴族に属する受領層に出自を有していた。彼女たちの教養も、その環境のなかで育まれた。父祖以来、漢詩や和歌に秀作を残した家系に属していたことも大きかった。詩歌の才は官人社会に必須の教養で、その力量如何が人生の浮沈につながる場面も少なくなかった。藤原明衡（あきひら）の『本朝文粋（もんずい）』に見える多くの詩文には、そうした文人貴族たちの力量をうかがわせる作品も見えている。

『今昔物語』やその後の『古事談（こじだん）』『十訓抄（じっきんしょう）』などの説話集には、王朝人の猟官（りょうかん）運動における悲哀のエピソードが収録されており、説話自体の史実性は別にしても、王朝人の詩歌に関するエートスを汲み取ることができる。

雅と粗野のあいだ――荒三位道雅の心の闇

王朝といえば、〝雅（みやび）〟の語が懸詞（かけことば）風に連想される。だが雅の裏側ものぞくべきだ。女流歌人たちの揃い踏みがつづいた直後に登場するのが、左京大夫道雅である。あの儀同三司母の孫であり、父は前述したように、道長と権を争い敗北した伊周である。

女流歌人たちの流れを断ち切るかの如く現われる道雅の存在には、雅とうらはらに粗野が見える。たしかに、次に示すように、歌は恋の情熱を詠んだものだが、その恋もそして道雅も、なかなかの〝曲者〟だった。

63　今はただ思ひ絶えなむとばかりを人伝てならで言ふよしもがな　　左京大夫道雅

左京大夫道雅

仲を隔てられ逢うことが難しい相手に、恋の終わりをじかに告げたい気持が詠ぜられている内容だろう。『後拾遺和歌集』（巻一三、恋三）に「伊勢の斎宮わたりよりまかりのぼりて侍りける人に忍びて通ひけることをおほやけも聞しめして、守り女など付けさせ給ひて、忍びにも通はずなりにければ、よみ侍りける」と、いささか長い事情説明が書かれている。

道雅が三条天皇の第一皇女で当子内親王と交渉があったことは『栄華物語』（「玉の村菊」）にも語られている。彼女は神に仕える身で三条天皇もその恋路を心配し、監視させたとあるくらいだから、道雅の執心もなかなかのものだったにちがいない。

内親王は長保三年（一〇〇一）に誕生、母は件の敦明親王（小一条院）と同じ娍子である。一二歳のおり斎宮に卜定され、四年ののち父の三条天皇が譲位したため帰京している。道雅との密通はその帰京後まもなくのこととされる。三条院から勘当され、失意のうちに出家、二三歳で薨じた。

歌意のみから判断すれば、悲愴感あふれた男の歎きと決意が伝わってくるようだ。状況としては前に述べた敦忠と貴子の恋のケース（七二―七三頁参照）と似ていなくもない。

この道雅がかなりの問題児だったことは、藤原実資の日記『小右記』（万寿四年七月一九日条）などからもうかがうことができる。「荒三位」なり「悪三位」などと称されるほどに、暴行事件の常習犯だったようだ。道雅の傷害事件については、敦明親王の従者に暴行を加えた一件が知られる（繁田信一『殴り合う貴族たち』）。

長和二年（一〇一三）の四月のことだった。敦明親王の従者が皇太子敦成親王（のち後一条天皇）の従者によって拉致され、道雅の自宅で暴行を受けたという。原因ははっきりしないが、両親王家は三条系と一条系の対抗関係もあり（Ⅱ章参照）、それが従者間の争いに拡大した可能性もある。

その点はともかく、これに道雅が加担していることは興味深い。敦明は当子の兄にあたる人物で、道雅と当子との密通は右の事件より後のことで、直接のつながりはない。

ただし、三条系の人々にとって、道雅の存在

道雅関係略系図

兼家
道長　済時　冷泉　超子　道隆　高階貴子
一条　彰子　娍子　三条　伊周（儀同三司）　重光女
後一条（敦成）　後朱雀　小一条院（敦明親王）　当子内親王　道雅

は記憶として疎ましいはずだろう。内親王の父三条院にとって、親王敦明の従者に屈辱を与えた道雅は許し難く、さらにこれと通じた当子への怒りは彼女を出家・勘当にまで追い込んだ。

それにしても、雅の世界に身をおく公卿のサラブレッド道雅の心の闇は奥が深そうだ。摂関嫡流に位置したその家系も、大叔父道長の台頭で奪われ、鬱々とした日々を過ごしていた。そうした不満のはけ口があるいは恋であり、暴力だったのかもしれない。

寂蓮法師の嘆き

今一つ粗野な話を提供したい。時代は王朝的な雅の時代から少し飛ぶ。寂蓮法師にかかわることだ。西行とともに遁世（とんぜ）の歌人として名高い。たしかに平安末期は出家・遁世・数寄（すき）の聖（ひじり）たちが「百人一首」でも活躍する時代だった。

折口信夫が「女房文学から隠者文学へ」と喝破したことは、『百人一首の作者たち』（目崎徳衛著）に詳しい。本章のテーマ「男と女」の最後として、右の寂蓮法師の世界にふれておく。

87　村雨の露もまだひぬまきの葉に霧たちのぼる秋の夕ぐれ　寂蓮法師

この歌は恋の叙情ではなく、水墨画風味の叙景歌といえそうだ。『新古今和歌集』（巻五、秋下）に「五十首歌たてまつりし時」とあり、建仁元年（一二〇一）二月の歌合のおりのものであることがわかる。寂蓮は翌年六三歳で入滅しているから、死の一年ほど前の作ということになる。

定家は『明月記』で寂蓮のあり余る歌才を「奇異之逸物（きいのいつぶつ）」（建仁二年七月二〇日条）と評した。定家と寂蓮は兄弟である。もっとも寂蓮は定家の父俊成の養子という立場である。出家以前、定長と名のった寂蓮は、醍醐寺俊海（俊成の兄弟）の子で、俊成に養われた。俊成に成家・定家が生まれた後、自ら退き、承安二年（一一七二）ごろに出家したという。

その寂蓮の晩年に悲しい事件がおきる。息子保季の恋にまつわる刃傷沙汰だった。保季が鎌倉武士の妻と密通し殺害されたのは、正治二年（一二〇〇）四月のことだった。したがって「百人一首」に載せるこの歌は、事件のショックからさほどの時が経っていないころのものということになる。

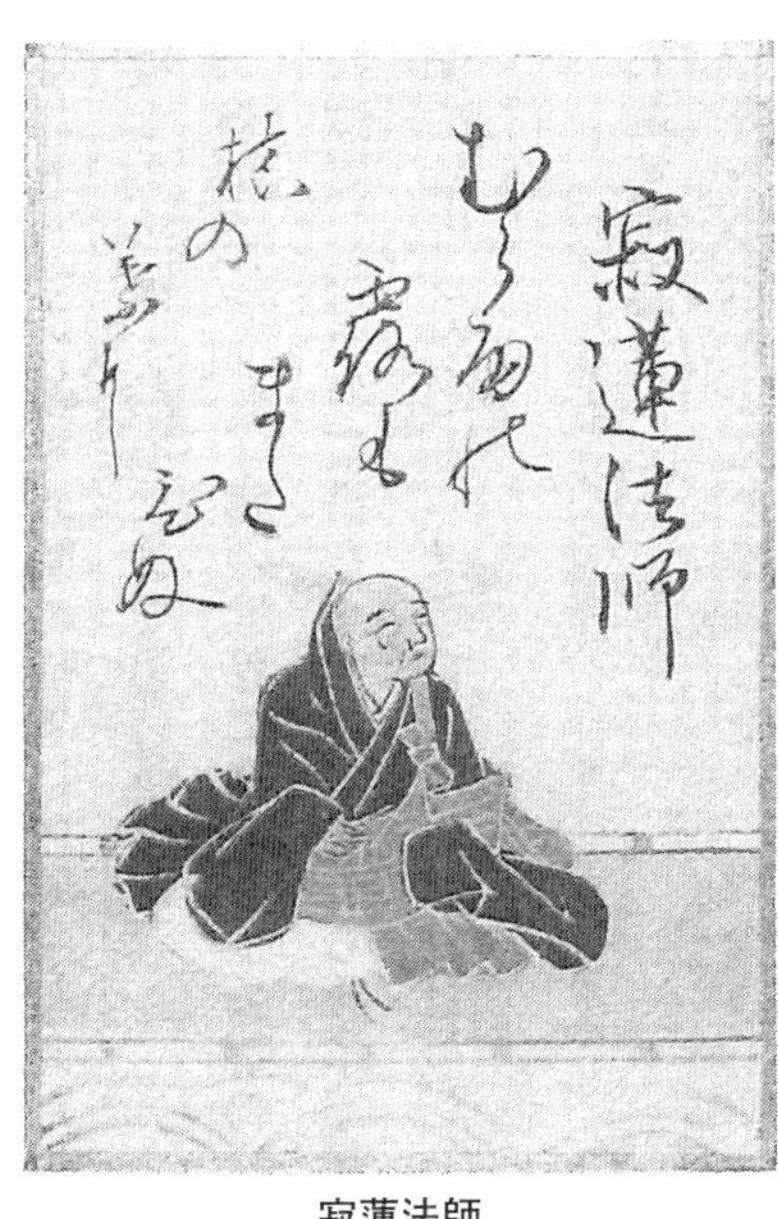

寂蓮法師

『明月記』（正治二年三月二七日、二八日、二九日条）や『吾妻鏡』（正治二年四月八日、一〇日、一一日条）に見える事件の概容は、以下のようなものだった。

保季は「容顔美麗」とされるほどの美男子だったようで、若狭前司、七条院（殖子）蔵人の立場にあった。彼が御家人の妻と通じ、六波羅からの帰途、密懐の現場を目撃した夫（吉田馬允親清）に追われ、六条万里小路付近で斬殺されたというものだ。本夫は保季を殺害後、

寂蓮関係略系図

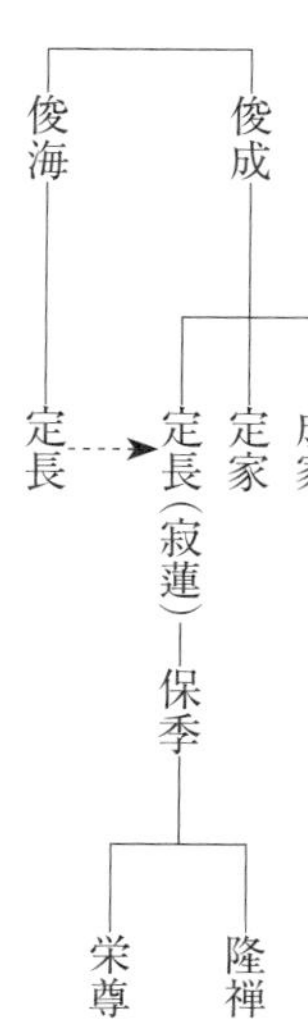

自首するが、その後身柄を預った佐々木広綱（ひろつな）のもとから逐電したという。この事件は鎌倉にも伝えられ、首脳部の協議するところとなった（この事件の経過については拙稿「寂蓮法師の嘆き」参照）。何しろ貴族が武士に殺されたわけで、定家がその日記に語っているように「白昼に武士の妻を犯すとは言語道断」であったことは、まちがいない。

そうだとしても、父寂蓮の悲嘆は大きく、自身もこの事件について「訴え申し」ていた（『吾妻鏡』）。小袖ばかりを身にまとい、頸から下は裸体という無惨な死に方に好奇な同情の目が注がれたことはいうまでもない。「潘安仁（はんあんじん）（中国・晋の文人、美男で有名）に異ならず」と形容されるほどの保季であってみれば、『明月記』が記す単純な一方的情事ではあるまい。ともかく結末としてはこうなった。結果はともあれ、これも同じく〝恋は曲者〟のなせる一つの例であろう。

息子を失った寂蓮の晩節はまことにつらいものがあったにちがいない。

寂しさは思ひやるだにあるものを真折（まさき）の葛（かつら）あられふる也

老の浪こえける身こそあはれなれ今年もいまは末の松山

正治二年（一二〇〇）一二月の「通親邸影供歌合」からの寂蓮の作品である。保季の一件から数ヶ月後のことだ。ここにはもちろん、〝寂風〟派たることを裏切らない曲折自在さは否定できないが、そこに晩節をむかえた寂蓮の憂き世への想いも宿されていたのではなかったか。

Ⅳ　都と鄙——「名所」「歌枕」への誘い

曾禰好忠——藤原実方——源重之——平兼盛——小式部内侍——大弐三位——能因法師——西行法師

本章のラインアップで特筆されるのは、中下級貴族が多いことだ。かれらは多く権門に仕えた人物で、いわば文人貴族の典型だ。受領の経験にもとづき詠じたその作品には、「名所」や「歌枕」を巧みに織り込んだ秀歌も少なくない。「歌枕」というイメージ的世界の拡大が、王朝文化の真髄にもつながる。これがさらに題詠という方式に結晶化することになる。

〝中世の春〟の時代は、文化レベルでの都鄙往還が必ずしも成熟していたわけではない。それゆえに「名所」「歌枕」への想いが、逆に和歌の世界でイメージアップされるようになる。その意味では、観念の世界ながら、中央と地方の距離は縮められることにもなる。だが、そうした文学的鑑賞だけではなく、平安時代史をその底辺から規定した地方の実情をかれらの存在を通して考えることも本章のポイントとなる。

さらに右のなかには遁世、漂泊の人々も顔をのぞかせている。つまりは法師とよばれる存在だ。「百人一首」の〝坊主めくり〟に象徴されるように、桑門の人々の数はかなりにのぼる。

ここでは、「名所」「歌枕」を探りながら、文人と武人、あるいは遁世と在俗それぞれの歌詠みたちが織りなす世界について考えたい。

寒門の歌人、曾丹の歯嚙み

曾丹こと曾禰好忠がここでの主役だ。好忠は典型的下級官人だった。当時、公卿などの上級貴族や有力寺社などを権門や勢家とよんだのに対し、貧しく実入りの少ない下級貴族は寒門とよばれた。丹後掾で六位だった好忠は曾丹後とか曾丹とよばれた。父祖は物部氏から出たらしいが、定かではない。村上―一条朝のころに歌人としての活動が知られる。勅撰集に九〇首近く採首されており、死後にその真価が評価されたようだ。

曾禰好忠

46　由良の門を渡る舟人かぢを絶え
ゆくへも知らぬ恋の道かな
曾禰好忠

『新古今和歌集』（巻一一、恋一）に「題しらず」と見えている。恋を船路に

なぞらえ、懸詞を用い機知がきかされている。想い人に情を懸けるすべを失いとまどう心情を、梶を失い海に漂う舟人にたとえたものだろう。

ここには好忠が丹後の国司（この場合は掾という三等官）であった経験から、丹後にあった「由良の門」を巧みに初句に取り入れている。古歌に詠み込まれている諸国の名所や歌枕は、それなりの数にのぼる。由良の地もまたその一つとされる。「百人一首」にはそうした歌枕を詠み込んだものが三七首ほどあるという。

ちなみに、好忠以前で歌枕とおぼしきもので「百人一首」に見えるのは、

- 天の香具山（大和、2「春すぎて……」持統天皇）
- 田子の浦（駿河、4「田子の浦……」山部赤人）
- 三笠の山（大和、7「天の原……」安倍仲麿）
- 逢坂の関（近江、10「これやこの……」蟬丸）
- 筑波嶺（つくばね）（常陸、13「筑波嶺の……」陽成院）
- 信夫（しのぶ）（陸奥、14「陸奥のしのぶもぢずり……」河原左大臣）
- 稲羽山（因幡、16「立ち別れ……」中納言行平）
- 龍田川（大和、17「ちはやぶる……」在原業平朝臣）
- 住の江（摂津、18「住の江の……」藤原敏行朝臣）

・難波潟（摂津、19「難波潟みじかき……」伊勢）
・手向山（大和、24「このたびは……」菅家）
・小倉山（山城、26「小倉山峯のもみぢば……」貞信公）
・甕原（山城、27「みかの原わきて……」中納言兼輔）
・吉野の里（大和、31「朝ぼらけ有明の……」坂上是則）
・高砂（播磨、34「誰をかも知る人……」藤原興風）
・末の松山（陸奥、42「契りきなかたみに……」清原元輔）

以上の諸地域だ。大和、山城、摂津、近江など都の周辺が圧倒的に多いが、他方で常陸や陸奥などの地名が見えることは注目される。「名所」なり「歌枕」なりは『万葉集』以来、諸種の歌に登場するが、そこにはやはり国司・受領による諸国往還が少なからず影響を与えたはずだ。

すでにI章で述べたように、百人の詠み人のうち六割を占める五八人が官人で、その過半が国司経験者だったことを考慮すれば、諸国の「名所」への観念がかれらの意識にすり込まれていたはずだろう。

こうした点については別に述べるとして、作者の好忠個人に関しては、歌の道におおいなるプライドがあったらしく、寒門の意地ともいうべき逸話がある。『今昔物語』（巻二八—三）や『古事談』（第一）によれば、永観三年（九八五）二月の円融院の子の日の御遊（紫野御幸）に許可なく参じたのを咎められ追放されたとある。

好忠はこの時、「歌詠みが召されると聞き参上した。ここにいる方々と比べて自分はどうして劣ることがあろうか」と強弁して、とどのつまりが「曾丹ガ狩衣ノ頸ヲ取テ、仰様ニ引倒シテ、幕ノ外ニ引出シタルヲ、一足ヅ、殿上人共踏ケレバ……」の憂き目にあったという。まさに暴行の仕打ちを受けたようだ。寒門のつらさを痛いほどに知らされた一件だった。

「和歌ハ読ミケレドモ　心ノ不覚ニテ」と『今昔物語』の作者は評するが、それにしても、好忠への仕打ちは王朝の雅から遠い状況といえそうだ。だが、たとえ、分不相応であれ自身の才をたのみ、堂々と殿上人とわたり合おうとする心胆はたのもしい。

この時代、歌才という職能の道は寒門たる下級貴族たちの飛躍につながった。好忠の歯嚙みは、諸職の職能を家業へと転換させる次の時代につながることになる。なお、この好忠の作風が俚言鄙語を用いた新しさをともなっており、和歌史のうえで革新性を有したことは、『文学に現はれたる我が国民思想の研究』（津田左右吉著）に詳しい。

藤原実方の陸奥下向

曾丹の寒門に比べ、権門に属した人物だが、都から陸奥へと左遷され、その地で没した藤原実方をとりあげよう。祖父は小一条左大臣師尹、父は定時、母は源雅信の娘（道綱の妻の姉妹）というから血筋としては名門である。

ただし、父が早世したため叔父済時に嫡流が移り、実方はその養子となった。ちなみに済時は三条院の女御娍子の父で、小一条院敦明親王の祖父である。

実方は名門にふさわしく、ある事件がおこるまでは従四位下、左近中将まで順調に栄進していた。だが、能書家で知られる藤原行成（ゆきなり）との確執で一転、長徳元年（九九五）に陸奥へと下向を命ぜられる。

51　かくとだにえやはいぶきのさしも草さしも知らじな燃ゆる思ひを　藤原実方朝臣

『後拾遺和歌集』（巻一一、恋一）に「女にはじめてつかはしける」とある。文意は明らかだ。序詠・縁語・懸詞が駆使され、いかにも王朝風である。この歌に登場する「いぶき山」は下野国に所在したもぐさの名産地で、ほかの歌にも詠まれている「名所」である。

藤原実方朝臣

この歌はもちろん陸奥下向以前のものだが、まことに運命の皮肉は、この「いぶき山」（伊吹山）を越え、白河関の遥かかなたの鄙の世界、陸奥へと実方を誘（いざな）うことになる。喧嘩の相手だった行成は、以前ふれた清少納言の歌（62「夜をこめて……」）の相手でもある。

実方略系図

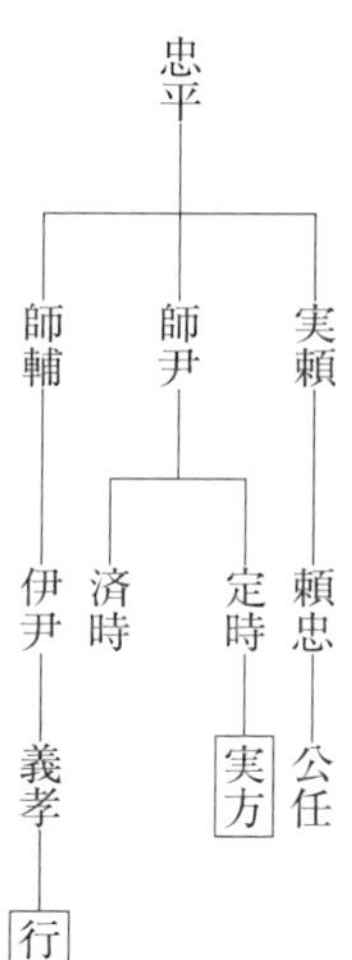

この実方も彼女と深い交際があったことは『枕草子』『実方中将集』などからも推測される。美貌にして色好みで知られる中将実方に関する話は、『大鏡』や『今鏡』にも紹介されている。『撰集抄』に載せる「桜狩り雨は降り来ぬ同じくは濡るとも花のかげに宿らん」と見える実方の歌などからは、花札に描かれた傘をさす貴公子の姿が目に浮かぶ。

それはともかく『古事談』（第二）に載せる有名な逸話には「一条院ノ御時」のこととして、実方と行成が清涼殿の殿上間で口論となり、実方が行成の冠を奪い、庭に投げ去ったという。これに対し行成は逆上することなく、従者をよび冠を拾い上げ、「左道ニイマスル公達カナ」（正気を失った公達であることよ）と嘆いたとある。この一件を小蔀から見ていた一条天皇が行成の冷静をほめて蔵人頭に抜擢し、一方の実方については「歌枕見テマイレ」と命じ陸奥守へと赴任させたのである。

『十訓抄』（第八）にもほぼ同じ趣旨の話が見えており、この説話の主題はあくまで行成の冷静沈着な行動だった。両人の口論の原因は不明だが、『撰集抄』（巻八）にはかつて世の賞讃の的だった実方の歌に対し、行成が「歌は面白し、実方はをこなり」と評したことへの意趣返しだったともある。

同じ『古事談』には陸奥守在任中の説話として、奥州の名所・歌枕に興味をそそられた実方が毎日のように歌枕の見学に出かけ、「或日アコヤノ松ミニトテ」所在を尋ねたところ、阿古屋（山形県東南部の千歳山周辺）は、陸奥・出羽が一体であった時代のもので、現在は出羽にある旨を教えられたという。このあたりに古歌にあこがれ、都から離れた鄙なる世界への憧憬（しょうけい）が語られている。

いずれにしても、長徳元年の中将実方の陸奥下向は史実として動かない。実方は陸奥に下向後、三年でこの地に没した。美男・女好き・流離という世界は、『源氏物語』での光源氏や『伊勢物語』の在五中将在原業平を彷彿とさせる。貴種流離譚（きしゅりゅうりたん）の一つのパターンでもある。実方伝説のその後の広がりは用意されていた。

都から鄙へ——歌人受領たちの思い

陸奥守として下向した中将実方については、『今昔物語』（巻二四―三七）に次のような歌もある。

　　やすらはで思ひ立ちにし東路にありけるものをはばかりの関

陸奥赴任後の心情を、都の友人藤原宣方（のぶかた）（母は源高明の娘）に宛てたものだ。人間関係の煩わしさがないだろうと思い立って陸奥に来たが、ここでもやはり「はばかりの関」（遠慮しなければならぬ世間の事情）があることを思い知らされた。こんな意味だろう。歌意からすれば、実方には鄙の世界への期待感もうかがえそうだ。

前述のように歌枕へのあこがれを実感できるとの想いが、この歌人を陸奥へと導いた面もあった。そしてこの実方には強い味方もいた。源重之（みなもとのしげゆき）である。

源重之

48　風をいたみ岩うつ波のおのれのみ砕(くだ)けてものを思ふ頃かな

源重之

片想いの切なさを岩に打ちつける浪に仮託させた内容だろう。『詞花和歌集』(巻七、恋上)に載せるもので、「百人一首」では重之の歌は実方より三つほど前に位置する。重之は清和天皇の皇子貞元(さだもと)親王の孫で相模守などの経験もあり、父の兼信も陸奥の安達(あだち)に縁をもっていたことから、実方の陸奥赴任に同道したという(『重之集』)。

重之は長保年間(九九九―一〇〇四)に陸奥守となっているので、長徳元年に赴任し三年後に没した実方の後任となった可能性が高い。重之もまた歌人として、東国方面の国司を歴任するなかで、「名所」「歌枕」を詠み込んだ作品を残している。名取河(なとりがわ)・松島・衣川・象潟(きさがた)・武隈の松などが、彼の歌には詠み込まれている(目崎徳衛『百人一首の作者たち』)。

重之は妻子や妹をともない陸奥へと下向しているが、その友に平兼盛がいる。「百人一首」では重之の歌の八番ほど前に登場する。

40　忍ぶれど色に出でにけりわが恋はものや思ふと人の問ふまで　平兼盛

これまたよく知られている歌だろう。「しのぶ」は「忍ぶ」と「信夫」を懸けたものだ。秘めた恋心を巧みに詠じたもので『拾遺和歌集』（巻一一、恋一）に見えている。その『拾遺和歌集』（巻九、雑下）には「陸奥国名取の郡黒塚といふ所に重之がいもうとあまたありと聞きて言ひ遣はしける」として、「みちのくの安達の原の黒塚に鬼こもれりと聞くはまことか」と詠じた。『大和物語』でこの兼盛の歌はさらに有名となり、謡曲『黒塚』の世界にまで変形されてゆく。元来は、友人の重之が美人の妹たちを陸奥にともない、男の目から隠しているという風聞に対する一種のザレ歌であった。

平兼盛

『黒塚』（別名『安達ヶ原』）は、那智の東光坊祐慶が安達ヶ原で民家に宿ったおり、見てはならぬといわれた閨の内に多くの死骸を発見、恐怖のあまり逃げ出すという話である。鬼女に変じた宿主に追われながらも、祐慶はこれを祈り伏せるという結末だが、ここには安達ヶ原―奥州―鬼という連想が語られている。

兼盛は光孝天皇の末裔で、重之と同じく駿河守など東国受領を経験している。「みちのくの安達の原……」の歌にも奥州歌枕の世界が取り入れられており、この時代の歌人たちにとって奥州が懸想の地として浮上していたことがわかる。

この「安達ヶ原」の兼盛にしろ、重之さらには実方いずれにしろ、歌の世界を通じて奥州への想いが伝染している。いわば〝奥州懸想グループ〟ともいうべき貴族たちだ。かれらのような歌人受領を介して、都と鄙は結びつけられていった。

実方のその後――都と鄙の落差

今ハ昔、実方中将ト云人陸奥守ニ成テ、其ノ国ニ下タリケルヲ　其ノ人ハ止事無キ公達ナレバ、国ノ内ノ然ルベキ兵ドモ、皆前々ノ守ニモ似ズ、此ノ守ヲ饗応シテ……

陸奥下向後の実方中将のその後の様子を、『今昔物語』（巻二五―五）はこのように語っている。「止事無キ公達」たる実方への饗応ぶりがよくわかる。そして、その饗応した連中が「国ノ内ノ然ルベキ兵ドモ」だったことも。この説話の主題は実方が饗応を受けた兵たちの戦闘ぶりだった。とりわけ、平維茂と藤原諸任という二人の兵の死闘がテーマとされている。

国守として赴任した実方は、「国ノ内ノ然ルベキ兵」であったため、「守、定メ切レズシテ有リケル程ニ、守三年ト云フニ失ニケレ」と見えている。維茂・諸任両者の勢力拡大にまき込まれ、どちらとも裁定できないうちに死去したというのだ。

前述したように、実方が都の友人藤原宣方へ送った「はばかりの関」の歌の背景にも、この奥州での面倒な人間関係もあったのであろうか。前中将という王朝的権威で鄙の世界に乗り込んだ実方だが、鄙には鄙のわずらわしさがあったのかもしれない。

「然ルベキ兵」としてここに登場する維茂は余五将軍として知られる人物で、将門追討の立役者貞盛の甥にあたる（貞盛の弟繁盛の子）。また諸任も将門の乱で活躍した藤原秀郷の子孫である。「墓ナキ田畠ノ事」（つまらぬ土地の紛争）から諸任が維茂の館を奇襲し滅亡させようとするが、危機を脱した維茂が四散した従者たちを集め、諸任軍を追撃、これを討滅するとの内容である。当時の兵たちの活躍をあますところなく伝えるこの説話は、史実をふまえたものと考えられる。陸奥守実方をふくめ、勝者の維茂も、敗者の諸任もすべて実在の人物である（なお、この説話については、拙著『武士の原像』）。

ここで重要なことは、国守実方の調停もむなしく、結局は所領をめぐる紛争が武力による解決で決着をみたという点である。

当時、陸奥をふくめた東国方面は、右の説話に登場するような兵たちの活躍の舞台だった。「歌枕」を求め、赴任した実方を待っていた現実は、「墓ナキ田畠ノ事」に命を投げ出す兵たちの殺伐たる世界だった。

しかし都と鄙の落差の強調は観念以上のものでしかない。実際にはかれら「国ノ内ノ然ルベキ兵」

は、都鄙を往還しながら地方に「留住」して勢力拡大をはかり、田地の経営（私営田）にあたる領主たちでもあった。こうした私営田領主が、一方で兵とよばれたのである（福田豊彦『平将門の乱』）。一〇世紀以降、この武的領有者たる兵の存在がクローズアップされてくる。維茂や諸任たちのルーツからもわかるように、かれらの多くは軍事貴族やその子孫たちだった。とりわけ平将門の乱や藤原純友の乱での武功者たちは、その恩賞として五位以上の位階を授与され、諸国の受領ポストや鎮守府将軍などの肩書を与えられた（拙著『武士の時代へ』）。

貞盛流平氏に属した維茂、秀郷流藤原氏の諸任は、そうした軍事貴族に近い立場で陸奥方面に勢力を拡大していた。功臣の末裔同士の争い、これが『今昔物語』に見える説話の背景だった。

その点ではかれらは、地方に拠点をもちつつも、中央との人的チャンネルを保持し、物情騒然とした地方において治安維持に一定の役割を演じていた。兵は一方では騒擾の主体となり、他方ではこれを鎮圧する立場にもなった。

兵たちは都鄙往還という情況のなかで、実方や兼盛、重之のような文人貴族たちの地方下向にさいし、その警護の任にも当たっていたはずだ。平安中期以降に誕生した王朝国家は、それまで中央（都）と地方（鄙）で隔絶していた落差を、人的交流の面から小さくしていくことになった。

陸奥守実方からうかがうことができる鄙の世界の実情とは、こんなところか。

王朝の才女――小式部内侍と大弐三位

「名所」「歌枕」は畿内周辺にも点在している。丹後・丹波の境に位置した大江山（京都府宮津市・与謝野町・福知山市の境に位置する）もその一つだ。御伽草子や謡曲で有名な酒呑童子の世界としてもよく知られている「歌枕」だろう。

60　大江山いく野の道の遠ければまだふみも見ず天の橋立　　**小式部内侍**

ここには「大江山」「いく野」（生野）「天の橋立」と丹後の三つの名所が詠み込まれている。作者の小式部内侍は、言わずと知れた和泉式部の娘で、父は橘道貞。小式部の名は、母の女房名と自身も内侍所の掌侍であったことによるようだ。母と同じく上東門院彰子（道長の娘、一条天皇中宮）に仕えたが、万寿二年（一〇二五）に若くして世を去っている。

小式部内侍

恋多き女性という点では和泉式部と通じている。関白教通に想いを寄せられ、静円を生み、また中将藤原公成にも愛され頼仁を生んだと伝えられる。

『金葉和歌集』（巻九、雑上）に「和泉

大弐三位

式部保昌に具して丹後に侍りけるころ都に歌合ありけるに……」と見える。それによると、中納言定頼（64「朝ぼらけ宇治の川霧……」の作者で公任の長男）が小式部のもとを訪れ、歌合の件で名手の母に相談の使者でも送ったのかと、からかい気味に問いかけたことへの返歌だとある。

即興風の一種のザレ歌で、すでにふれた清少納言の歌と相通ずるものがあろう。したがって歌意も、「母のいる丹後の国府は、大江山を越え、生野（行く野と懸ける）をへて遥かかなたで、天の橋立さえ見たことがない私は、踏み（母の文と懸ける）入ったこともございませんよ」と、当意即妙に応じたものだった。

「血は水よりも濃し」の伝でいえば、母の才能は娘にも受け継がれているようだ。紫式部の娘大弐三位の場合もまた同じである。

58　ありま山猪名の笹原かぜ吹けばいでそよ人を忘れやはする　大弐三位

この歌にも有馬山や猪名野などの「名所」が見えている。いずれも摂津国有馬郡及び川辺郡にあった地名で、『万葉集』（巻七、雑）にも登場する。『後拾遺和歌集』（巻一一、恋二）に「かれがれになる男の、おぼつかなくなどいひたりけるによめる」とあり、男の恋心が薄れてゆく情況のなかで、女がそれを揶揄するかの如く詠じたものだった。よそよそしい男性の心情を有馬山の麓の猪名野の笹原に吹く風にたとえて歌っており、これまた機知の才にあふれた一首といえそうだ。

紫式部と藤原宣孝とのあいだに生まれた彼女は、後に正三位大宰大弐高階成章の妻となっており、夫の官名にちなみ大弐三位と名のった。彼女は後冷泉天皇の乳母でもあった。王朝の才女の代表ともいうべき和泉式部・紫式部両人それぞれの娘たちが、こぞって「百人一首」に名をつらねているのは興味深い。そして小式部内侍、大弐三位の歌には丹後や摂津の「名所」「歌枕」が語られているのも偶然とはいえ、これまたおもしろい。

定家の撰歌の妙のほどが伝わるようだが、話を小式部内侍に戻せば、彼女の義父ともいうべき藤原保昌についても指摘しておきたい。広くは前項の実方中将が赴任した奥州での兵たちの世界と連動するからである。

平安武者の原点、藤原保昌

小式部内侍の歌には大江山が詠じられていた。大江山は鄙ではあるが、都の西北に位置した裏鬼門に位置する。丑寅（東北）にあたる近江の伊吹山との対比による。その伊吹山には伊吹童子なる鬼がいたとの伝承がある。そして同じく、ここ大江山も酒呑童子という鬼の拠点だった。

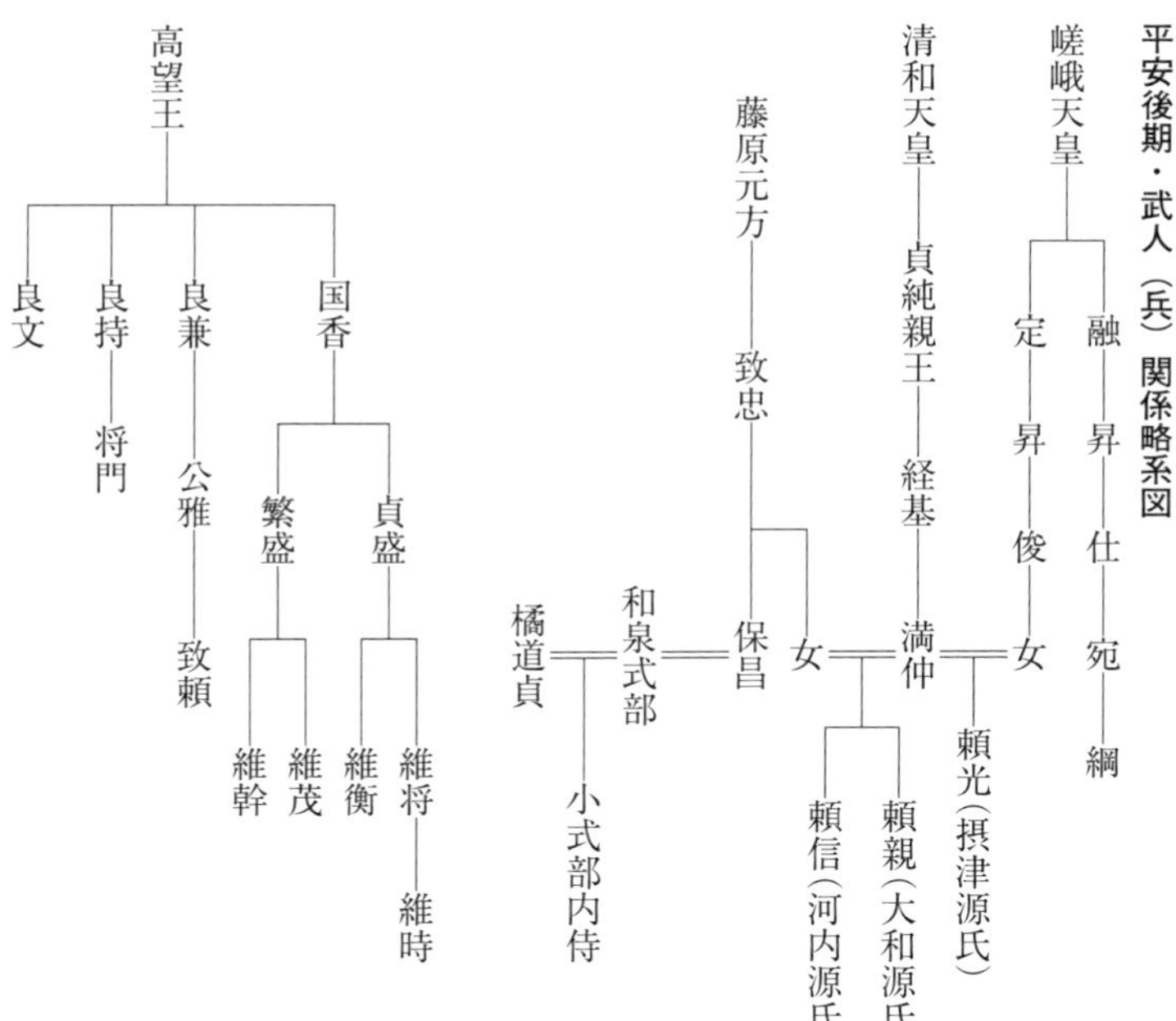

平安後期・武人（兵）関係略系図

その酒呑童子は御伽草子の世界では、源頼光（道綱や道長に仕えた摂津源氏の武者、父満仲）により退治される。実態は疱瘡神への人々の恐怖が高熱→赤→鬼と連想されて、酒呑童子のイメージ化につながったという（高橋昌明『酒呑童子の誕生』）。

藤原保昌に関しては、まさにこの頼光とともに平安武者の原点に位置づけられる人物として知られる。『平家物語』などには、坂上田村麻呂・藤原利仁などとともに、異類・異形の存在を討伐した兵＝武者の象徴として登場する。

蝦夷なり新羅遠征への遠征譚が田村麻呂・利仁の世界だとすれば、頼光やこの保昌は鬼退治で名をはせる。いずれにしろ、かれら武者＝兵たちが討伐の対象としたものは、異類・異形の存在だった。室町時代の御伽草子に見える『田村草子(たむらのそうし)』や『酒呑童子』は、ともに謡曲に継承されるなかで、スーパーヒーローとして伝承化した（拙著『英雄伝説の日本史』）。

大江山から連想が広がったが、保昌は天徳二年（九五八）の生まれなので道長時代の人物であり、『尊卑分脈』には「勇士武略之長」と記されている。祖父は藤原元方で、すでにふれたように村上天皇の女御元子所生の広平親王の皇位実現をはばまれ憤死して、怨霊となったとされる。『十訓抄』（第三）では、保昌に関しては源頼信・平維衡(これひら)・平致頼(むねより)とともに、世にすぐれた武人として四天王に数えられている。

かれらは「武者（兵）受領」ともよぶべき存在で、前述の余五将軍維茂や諸任と同じく、その多くは将門の乱の功臣の末裔だった。その限りでは、将門や純友の天慶の乱は、軍事貴族を創り出すことになった。同時にそれは文化レベルにおいて、かれらの地方（鄙の世界）への広がりを生み出すことにもなった。

かれらは摂関家に仕え、その人事のネットワークで諸国の受領を歴任している。後世の摂津源氏をはじめとする源氏諸流の発展も、受領経験にもとづく地域との関係が大きい。保昌もまた丹後以外に肥前・大和・摂津の国司の経験を有した。

軍事貴族たるかれらは、武力の請負い人だったが、他方では自身も歌詠みであり、和歌などの都ぶりの文化の間接的伝導者にもなったのである。地方への赴任・土着を通じて、都鄙の往還は想像以上に活発だった。「百人一首」に見られる多くの歌枕の登場には、そうした背景もあった。

土地への想い——能因法師から西行へ

いささかドライな話がつづいたが、以下では詩情豊かな世界で考えてみよう。「名所」への誘いというテーマでいえば、能因や西行といった出家・遁世の歌人にも共通する主題である。「花の咲き散るをあはれみ、月の出入りを思ふ」(『発心集』)とは、遁世文学の代表者鴨長明(かものちょうめい)のことばだが、かれらの世界は自身の魂を旅と同化させ、世俗から離れることで安寧を得る。

これが漂泊者たる遁世の歌人たちの生き方だった。旅が世間からの離脱であるという点では、点線ながら近世の芭蕉的世界にもつながるはずだ。

陸奥や出羽の地は、そうした漂泊の歌人にとって憧憬の対象とされた。このことはすでにふれたが、「名所」「歌枕」の数でいえば、京都とその周辺を除くと、奥羽にそれが集中しているという事実は、やはり興味深い。

女流歌人たちの多くが〝人への想い〟を詠じたとすれば、次の時代に登場する遁世の歌人たちは〝土地への想い〟を詠じたともいえる。両者における懸想の対象のちがいは明白だ。花の咲き散ること、月の出入りへの思いという自然を友とする感性がより濃密な形で歌に反映している。鄙の極致としての道の奥は、たしかに都人を引きつける地として観念されたにちがいない。

このことに関連して以下の点にも留意したい。それは鄙の世界が都との対比のなかで浮上したことの意味についてである。一つの解釈としては、王朝的価値の普遍化が文化のレベルでなされたことの証しとみることも可能だろう。

王朝的雅の拡散が、都鄙往還で実現したともいえる。地方としての鄙を「名所」「歌枕」の世界に昇華させることで、王朝的世界に同化させることにつながったと解したい。

例の実方が奥州赴任後、かの地で遭遇した種々の現実に対し、「はばかりの関」の歌を都の友に送ったことも、懸想の地への想いが深かったがゆえの失望だったのだろう。「はばかりの関」とは、いうまでもなく白河関を越えた奥州世界をさすが、都の貴族たちにとって、未知・未開なるこの地域は、かつて蝦夷の地とされた。

そういえば白河関とともに奥州の入り口とされた勿来(なこそ)関は、「くることなかれ」の字義が語るように蝦夷たちを拒(いな)む地に位置した。そのぬき難い辺境感が畏怖とともに憧憬の想いを醸成させた。以下での主役となる能因あるいは西行がともども、この奥州の地をいく度か旅しながら「名所」「歌枕」にちなむ歌を詠じているのも、右のことがらを離れては理解できないはずだ。

都をば霞とともに立ちしかど秋風ぞ吹く白河の関

『能因法師集』に載せる有名なこの歌は、その詞書によれば万寿二年（一〇二五）春、「白河の関にやどりて」と見える。もちろんこの歌には後世尾ひれがつく。『古今著聞集(ここんちょもんじゅう)』（巻五）、『十訓抄』（第一〇）などの鎌倉時代の説話集には、都にとどまって籠居しながら顔を日焼けさせ、いかにも奥州へと旅したかのごとき仮想現実の産物としている。真偽は不明で一つには『袋草子』（一二世紀半ばの歌人、藤原清輔による歌学書）あたりからの拡大話だろうとされている。

その能因に憧れ、というよりも奥州に懸想した西行は、白河関で能因を偲び、さらには実方の墓に詣でるなどしている。能因からおよそ百年後の西行にも、漂泊への想いは連綿と受け継がれている。次に、その能因と西行の足跡をみてみよう。

「龍田の川の錦」と能因法師

「百人一首」では能因の歌は三条院の次に登場する。断続的ながら能因以後は良暹法師（70）、道因法師（82）、俊恵法師（85）、西行法師（86）、寂蓮法師（87）といった遁世歌人が見える。その限りでは能因は〝坊主めくり〟の始発に位置する人物となる。

ちなみに出家歌人ということでは「百人一首」に一三人を数える。法師としては右に挙げた人物以外にも伝説的歌人として知られる喜撰法師など、若干名がいる。

それにしても法師の語感にはやはり時代の気分が流れているようだ。権門寺院に身をおく僧侶とは別の存在といえる。在俗のしがらみから距離を保つことを自身に課した人々。つまりは〝浮気〟をしない自分流の生き方を模索した歌人たちだった。そんな一面はあるにしても、多くは歌道に専心する〝数奇の道〟を志す人々でもあった。そこでは自由な境涯を送ることが優先される。能因の場合もそうだった。

69　嵐吹く三室の山のもみぢ葉は龍田の川の錦なりけり　　能因法師

能因法師の右の歌は『後拾遺和歌集』（巻五、秋下）に「永承四年内裏歌合によめる」とある。この詞書からもわかるように、この歌は歌合での題詠にもとづく一首で、指摘されているように『古今和歌集』に本歌（「龍田川もみぢ葉ながる神なびの三室の山に時雨ふるらし」〈巻五、秋下　読み人知らず〉）とおぼしきものがある。その限りでは独創ではない。というよりも、過去の本歌を取り入れ、別趣の世界を演出することが重視されたことによる。

能因法師

三室山の紅葉が龍田川に散り落ちる様子を絵画的に詠じた一首で、大和国の三室山（生駒の神名備山）なり、龍田川といった名所も登場する。大和は京都の山城とともに、こうした「名所」「歌枕」のもっとも多い所である。前述来の都鄙のコントラストでいえば、奥州と好対照をなしている。

この歌が詠ぜられた永承四年（一〇四

九）は後冷泉天皇の時代で、道長が死去し頼通の時代になっていた。能因はこの頼通と親交があり、その拠り所であった摂津の古曾部（高槻市）から都へ足繁く通っていたらしい（目崎徳衛『百人一首の作者たち』）。

半俗半僧のこうした自由人ならばこそ、官職・肩書を離れ、権門との人的つながりのなかで内裏の歌合に参ずることが可能だったともいえる。俗名を橘永愷といった能因は、永延二年（九八八）に生まれ、二六歳のころに出家している。この歌は六〇歳ごろのものだ。

能因については不明な点が多いとされる。受領層の出身で、一説には、父ともされる忠望は遠江守だった。また父か兄の元愷も肥後守で、能因はこの元愷に養われて文章生として頭角を現わした。歌学の才は藤原長能（右大将道綱母の弟）に師事したとされる。

能因といえば、やはり諸国行脚の歌人であろう。歌枕を尋ねること、奥州から四国まで二一ヶ国におよんだという。前に紹介した「都をば霞とともに……」の歌は、万寿二年（一〇二五）の作とあるから、「百人一首」所載の歌の二〇数年前のこと、三〇代後半の作ということになる。

能因の歌集には奥州関係の歌とともに、馬にまつわる作品も少なくない。そのことから古曾部に住し、馬牧の経営にもたずさわり、生計の資としていた可能性も示唆されている（目崎徳衛『百人一首の作者たち』）。

「月やはものを思はする」――西行法師の涙

能因法師から百年、同じく漂泊歌人西行が登場する。能因は末法の世に諸国行脚をなした。この西行の時代は、末法の現実が直接的体験となった。保元の乱から源平争乱にいたる時代の転換は、同じく漂泊歌人ながら決定的といえる差をつくった。

仏道と歌道の統一という、より困難な精神的営為を自らに課すことで、時代と自身を同化させる道をめざそうとした。数多くの西行論のなかで近年注目されるのは、西行の歌を空間と言語の思想の統一として理解しようとする方向だ（桑子敏雄『西行の風景』）。

紙数の関係で西行の思想的遍歴についてては別にゆずるが（例えば、目崎徳衛『西行の思想史的研究』）、まずは「百人一首」所載の歌についてである。

西行法師

86　なげけとて月やはものを思はするかこち顔なるわが涙かな

西行法師

『千載和歌集』（巻一五、恋五）に「月前恋といへる心をよめる」とあり、自身の涙の理由がほかにある（恋のための物思い）と知りつつ、月のせいであるかの如く詠じたものだという。「かこち顔なるわが涙」などと、いささか韜晦気味な表現は、西行的世界と違和感もある。が、西行には恋の歌が多いこともたしかだ。『新古今和歌集』に数多く採首された西行の歌のなかには、恋の歌が少なからず見えている。

以下、西行の人となりを辞典的に紹介しておく。俗名、佐藤義清。父は左衛門尉康清。元永元年（一一一八）出生。鳥羽院の北面の武士として従五位下左兵衛尉に任じられたが、保延六年（一一四〇）、二三歳のおり出家、法名円位で、のち西行と称す。京都から吉野、高野山そして伊勢と諸国を行脚。文治六年（一一九〇）二月、京都の双林寺（あるいは一説に河内の弘川寺）にて七三歳で入滅。

こんなところか。ちなみに釈迦入滅の日に世を去ることを願い、「願はくは花のもとにて春死なむそのきさらぎの望月の頃」と詠じ死去したとの逸話（『古今著聞集』巻一三）はもっとも有名だろう。ただし、この著名な歌は西行死去の二〇年ほど前のものだが。これが西行の死と分かち難く結びつき人々に語り伝えられているところに、その足跡の大きさがうかがわれる。逸話ということでは、謡曲・能の世界でも『遊行柳』あるいは『江口』に西行が顔をのぞかせる。

謡曲『西行桜』にも同じく西行の数奇ぶりが結晶化されている。これは、『玉葉集』春下、『山家集』に見える「花見にと群れつつ人の来るのみぞあたら桜の咎にはありける」より構想された能である。西山の庵に閑居する西行のもとを桜見物のために訪れる人々に対する揶揄の気分も右の歌には見えるが、能では桜の精を登場させ、巧みにドラマ化されている。

西行と頼朝、そして奥州

西行、そして親交のあった文覚（もんがく）……さらに少し遅れて世に出た明恵（みようえ）のいずれも、その出身は武士だった。一二世紀末はこうした武にたずさわった人々の出家が目立つ時代である。『西行物語』をふくめ、後世数多くの伝説が残されている。それぞれを紹介することは控えるとしても、西行が生きた内乱の時代に関して、最小限語る必要がありそうだ。

ここにいう内乱とは、「武者ノ世」の到来として慈円（じえん）が『愚管抄』で指摘した保元の乱をかわきりに、平治の乱、治承・寿永の乱（源平の争乱）、そして奥州合戦にいたる三〇年余の時代をさす。西行入滅が奥州合戦の翌年の建久元年（一一九〇）のことだったから、出家後の西行の人生の過半は、この内乱とともにあったことになる。

出家後の西行の遍歴として特筆すべきいくつかを挙げると、高野山を拠点とした西行は、保元の乱の敗者崇徳院崩御後、讃岐の白峯の墓所に詣で、その後弘法大師旧蹟をめぐる旅をつづけ、六〇代でやがて高野山から伊勢へと活動の拠点を移した。

そして平氏滅亡後の文治二年（一一八六）秋、東大寺再興の勧進（かんじん）のため伊勢から奥州へと赴く。途上、鎌倉に立ち寄り頼朝と面会を果たした。その時の様子について、『吾妻鏡』は以下のように伝える。

西行は頼朝に歌道・弓馬の話をうながされたおり、「弓馬ノ事ハ、在俗ノ当初　ナマジイニ家風ヲ伝フトイヘドモ……罪業ノ因タルニヨッテ、ソノ事アヘテ心底ニ残シ留メズ　皆忘却シヲハンヌ」（原漢文）と語ったという。

藤原秀郷の末裔として弓馬の奥義を極めた「嫡家相承ノ兵法」のことを伝え聞きたかった頼朝の期待はかなえられなかったようだ。歌についても「花月ニ対シテ動感スルノ折節　ワヅカニ三十一字ヲ作ルバカリナリ、全ク奥旨ヲ知ラズ」と、まことにそっけない。

頼朝四〇歳、西行六八歳のおりのことだ。ただし、さすがの西行も頼朝への配慮もあってのことか、弓馬の件に関しては、奥義の一端を披露したらしきことが『吾妻鏡』に見えている。別れぎわに頼朝は引き出物として「銀作ノ猫」を贈ったが、西行はそれを門外の嬰児に与えたという（文治二年八月一五、一六日条）。まことに恬淡とした態度でもあり、このあたりが歌道に専心した西行の真骨頂といえそうだ。その後、鎌倉を発ち、一〇月、奥州平泉に到着したという。

当時の奥州は秀衡の時代だった。能因が白河関を越えて奥州入りしたのが、この奥州藤原氏のルーツでもある陸奥の雄族安倍氏の台頭しつつある時代だった。西行はその能因の足跡を求め、二度目の奥州入りを果たした。

この間、前九年・後三年の二つの合戦をへて、安倍・清原そして藤原氏とこの地の主役は交代した（これらの事件については、拙著『東北の争乱と奥州合戦』）。その藤原氏が強勢を誇った秀衡の時代に西行は平泉を訪れた。奥州が頼朝と対立した義経を擁する直前のころだろう。

頼朝率いる鎌倉の大軍が奥州入りのために、

秋風に草木の露を払はせて君が越ゆれば関守もなし

と、側近の梶原景季が詠じ（『吾妻鏡』文治五年七月二九日条）白河関を越えたのは、西行との面会から三年後のことであった。西行の死はその翌年であった。

Ⅴ　虚と実――王朝の記憶を繙く

小野小町――蟬丸（せみまる）――参議篁（たかむら）――河原左大臣――在原業平（ありわらのなりひら）――権中納言定家――式子内親王

ここで話題としたのは主に右の詠み人たちだ。言わずと知れた有名人で、その多くが伝説・伝承に彩られている存在だろう。説話化されたかれらの足跡は、時代とともに増幅され虚構の世界へ羽ばたいている。

「虚と実」を切り口とした本章では、かれらの伝説・伝承が中世後半には謡曲の世界で拡大、人々の観念に決定的ともいえる影響を与えたことを述べてみたい。

そこには等身大のかれらとは異なる伝説的衣をまとった詠み人たちの姿がたしかめられるはずだ。王朝のイメージもそうした後世の文芸作品のなかで記憶化された。

虚構が虚構を造形化し、より堅固な実在性をもって迫るようになる。観念の実在化ともいうべき状況が育まれる。「王朝の記憶」を呼びさます右の詠み人たちは、中世の「謡曲」的世界を飛び越し、近世・近代のあらゆる文芸作品にも登場するにいたる。実像としてではなく、虚像としての大きさが人々を魅了したからだろうか。

虚実に満ちたかれらの足跡を追いながら、後世へのメッセージを考えてみよう。

「花の色」の移ろい――小野小町の世界

有名すぎるこの人物は、在原業平と好対照をなすように、虚実さまざまに語り継がれてきた。『関寺小町』『通小町』『鸚鵡小町』など、謡曲の世界でも圧倒的存在感を示している。それだけに虚実の皮膜は微妙なものがある。

9　花の色は移りにけりないたづらにわが身世にふるながめせしまに　　**小野小町**

『古今和歌集』（巻二、春下）に「題しらず」として見える。「花の色」の移ろいを自身の容色にたとえ、述懐を込めて過ぎし日々を詠じたものだ。終句の「世にふる」に「経る」と「降る」の両義が込められている。さらに、齢を重ね今日にいたる恋の遍歴と春の長雨の意が重ねられており、いかにも古今風の演出といえる。

小野小町

「をののこまちは、いにしへのそとほりひめの流なり、あはれなるようにて、つよからず。いはば、よきをうな（女）の、なやめるところあるににたり」とは、『古今和歌集』の「仮名序」に載せる評だが、

小野家略系図

この一文からも「よきをうな」の風情が伝わってくる。

ただ、その出自は定かではない。参議小野篁（たかむら）（11「わたの原八十島かけて……」の作者）の孫、出羽国の郡司小野良真（よしざね）（または常澄（つねずみ））の娘ともいわれる（系図参照）。『新撰姓氏録（しんせんしょうじろく）』（九世紀初頭に成立、氏族の系譜をまとめたもの）では、近江の滋賀郡小野を本貫（ほんがん）の地として、流祖妹子をふくめ、一族の関係者には、隋・唐・新羅・渤海（ぼっかい）への遣使経験者も多い。

また、同族の春風は元慶の乱（八七八）で、好古は天慶の乱（九四一）で武功を立てた人物として知られる。『古今和歌集』には小野貞嗣（さだつぐ）、『大和物語』に僧正遍昭（12「天つ風雲の通ひ路……」の作者）との贈答歌がそれぞれあるので、九世紀後半の文徳〜清和期に活躍した人物とされている。

六歌仙（ろっかせん）の一人に数えられた彼女には多くの伝説が残されている。江戸時代の考証史家井沢蟠竜（いざわばんりゅう）の著書『広益俗説弁（こうえきぞくせつべん）』には「小野小町、草子洗（そうしあらい）の説」をはじめ、いくつかの説話が紹介されており、平安末〜鎌倉時代には、伝説の原像が成立していたことがわかる。

鎌倉時代の説話集『十訓抄』（第二）には「小野小町壮衰事」と題し、「少々色を好みし時、もてなされし有さまならびなかりけり」だった彼女が、歌才の豊かさを誇り、錦繡の衣に海陸の珍味と贅を尽くす生活から、父母兄弟との死別後、没落し、三河掾となった文屋康秀（22「吹くからに秋の草木の……」の作者）にともなわれ、下向し零落する様が語られている。

好色—慢心—孤独—貧困というお定まりのパターンだが、同様の説話は『古今著聞集』（巻五）にも見えており、こうした盛衰譚がその後の小町伝説の潮流を決めていった。小町伝説の祖型ということでは、平安末期の『宝物集』や『玉造小町子壮衰書』にも登場しており、鎌倉期に成立した右の『十訓抄』『古今著聞集』は、その延長にあったことになる。中世という時代はこうした人物たちに取材した〝説話の爆発の時代〟だった。来たるべき〝小町物〟と通称される世界は鎌倉〜室町期に醸成される。

室町小説の代表御伽草子に見える『小町草紙』には、中世末期にいたる小町伝説が集大成されている。そのあたりの点を以下、虚実取り混ぜた謡曲の世界から探っておこう。

なお、小町の逸話をふくめ、「百人一首」の作者に対しての後世の関心は高く、江戸時代の作品としてすでに『百人一首一夕話』（天保四年）もあり、参考となる。

〝小町物〟あれこれ

謡曲の小町関係は多い。「七小町」などと称され、近世の浄瑠璃や歌舞伎へと広がっている。ここでは謡曲を中心に〝小町物〟のあれこれを簡単に紹介しておく。大枠は『謡曲百番』（西野晴雄校注）や『謡曲大観』（佐成謙太郎）などに依拠した。

①『通小町』――山城の八瀬で修行している僧のもとに小町の霊が出現、これを弔っていると、やつれた面ざしの四位少将の霊が登場する。かつて小町に恋をして「百夜通い」の成就の直前に想いを遂げられず少将は死去した。少将はその妄執によって苦しんでいることを語り、この修行僧の回向で最後は小町ともども成仏するというストーリーである。

②『卒都婆小町』――四位少将が登場するという点で、これも同じである。高野山の僧が上洛の途上、鳥羽のあたりで乞食の老女に出会う。朽木と思い倒れた卒都婆に腰をかける老女に、仏縁の有り難さを教化しようとするが、僧はこの老女に論破されてしまう。その名を問うと小野小町と答え、やがて四位少将が彼女に取り憑いたように乱舞し、少将は百夜通いの様子と恋の妄執を語るとやがて消えてゆく。

③『鸚鵡小町』――老いた小町が近江の関寺で放浪していることを憐れむ陽成院は、臣下の新大納言行家を遣わした。行家は零落の彼女に「雲の上は有し昔に替らねど見し玉簾のうちや床しき」と詠み上げ、これに応じようと小町は「うちぞ床しき」と、ただ一字のみ変えての「鸚鵡返し」で返歌する。そして行家の求めに応じ玉津島詣のおりの法楽の舞をして、両者が別れるという話だ。

右の歌については、『十訓抄』（第一）「心操ノ振舞ヲ定ムベキ事」と題する説話中の成範民部卿

（藤原信西の子）とある女房との歌のやり取りのなかに見えており、これをアレンジしたものとされる。

④『関寺小町』——これも近江逢坂関が舞台で、ある年の七夕の夕暮れに関寺の僧が稚児をともない老女の庵を訪ね、彼女に乞巧奠（中国における七夕行事）にあたる時節柄、稚児に歌道の手ほどきを所望する。はじめは断るがやがて問いに答えるうちに、彼女こそが齢を重ねた小町であることを知るにいたる。老残の身を恥入る小町は、僧とともに七夕祭での稚児舞を見ているうちに、自らもたどたどしく懐旧の想いを込めて舞い、その後は小町が自らの庵に引きあげるという流れである。

⑤『草紙洗小町』——清涼殿での歌合にさいし、大伴黒主の相手に小町が選ばれる。黒主は小町の才を恐れ、彼女の家に忍び入り、あらかじめ与えられた「水辺草」の詠題のもとで小町が作した歌を『万葉集』に書き加え、歌合当日にその席上で恥をかかせようと企てた。やがて内裏での歌合となり、延喜帝（醍醐天皇）のもとに参じた名人たち——小野小町、凡河内躬恒、紀貫之、壬生忠岑——が左右に列座し歌合が始まる。帝が貫之を招じ小町が「水辺草」の題のもとに詠じるが、黒主より〝待ッタ〟がかかり、『万葉集』に当該の歌がある旨が指摘される。だが、草紙に記された筆致から黒主の意図を見破った小町は、その場で草紙を洗い自身の潔白を証明するという話である。

以上、代表的な〝小町物〟を謡曲から紹介した。大枠としては小町の色恋沙汰にもとづき四位少将の百夜通いをモチーフに、その罪ゆえに孤独なうちに齢を重ね老孤の境涯に落ちた姿が語られている。

ただし、「草紙洗小町」のように、歌合に取材し、小町の才知を描いたものもある。

ちなみに、その「草紙洗小町」に登場する面々は黒主以外は三十六歌仙に数えられている人々だが、実際には紀貫之と小町では時代が合致せず、史実からは難があろう。観阿弥の作ともされるこの作品は、虚でありながら、後世、〝王朝記憶〟が指摘され興味深い。

歌合の早い例として在民部卿（在原行平）家歌合がある。その後、醍醐天皇の時代の亭子院歌合が有名で、さらに村上天皇の天徳四年（九六〇）三月三〇日の歌合以後、それが広く流布するようになったという。『西宮記』（源高明の著した有職書）などにもこの「天徳歌合」のことが見えており、これなども「草紙洗小町」の参考とされたと思われる。

伝説の歌人蟬丸と「逢坂の関」

「百人一首」のうちでも、もっともよく知られているのが蟬丸の歌だろう。伝説の歌人という点では猿丸大夫（5「奥山に紅葉ふみわけ……」の作者）や喜撰法師（8「わが庵は都のたつみ……」の作者）も同様だが、なかでも蟬丸伝説は能、謡曲などで貴種流離譚の味付が加えられ、広く流布するところとなっている。

10　これやこの往くも帰るも別れては知るも知らぬも逢坂の関　**蟬丸**

『後撰和歌集』（巻一五、雑一）に「相坂の関に庵室を作りて住み侍けるに、行き交ふ人を見て」と見える。反復的語呂の組み合わせで親近を感じさせ、口調の滑らかさも手伝っておおいに流布した歌である。東国と都を往還する人々の出会いと別れの場としての逢坂関の情景がイメージできそうだ。すでにふれた小野小町をあつかう謡曲の数々には、この逢坂関が設定されており、地名からの連想が大きかった。老と若、男と女、都と鄙など、時間と人間と地域それぞれが交錯する場として、この逢坂関は人々の心象に作用した。

そしてこの歌の作者蟬丸も貴と賤のあいだに位置する人物で、その出自が不明であるだけに、肥大化した伝説は逢坂関という場を得て、さらに耕されることになる。

『今昔物語』（巻二四―二三）「源博雅朝臣会坂ノ盲ノ許ニ行タル語」と題するなかに、蟬丸が登場する。源博雅（醍醐天皇の孫）という管弦の名手が、敦実親王（宇多天皇の第八皇子）の雑色だった蟬丸のもとに三年にわたり密かに通い、「流泉」「啄木」の秘曲をものにするというものだ。

『宇治拾遺物語』も同様の話を載せるが、指摘されているように、右の説話の原典は『江談抄』にある。ただしこれには「会坂目暗」とのみあり、蟬丸の名は見えない。

蟬丸の出自を醍醐天皇の第四皇子として、貴種流離譚風に描き上げたのは『平家物語』以降である。巻一〇「海道下り」に「四の宮河原になりぬれば、ここは昔、延喜第四の皇子蟬丸の、関の嵐に心をすまし、琵琶を弾き給ひしに、博雅の三位といひし人、風の吹く日も吹かぬ日も、雨の降る夜も降らぬ夜も、三年が間歩みを運び立ち聞きて、かの三曲を伝へけん……」と見えている。

ここには四宮河原の地名の由来についての蟬丸との関係をふくめた興味深い内容が散見される。さらに、ここには博雅が秘曲伝授のために三年通いつづけたとの話も見えており、例の小野小町での四位少将の百夜通い説話と通底している。

蝉丸に関しては、このほかにも『無名抄』『俊頼髄脳』『東関紀行』『三国伝記』など、中世の歌論書や紀行文で取り上げられるが（乾克己ほか編『日本伝奇伝説大事典』）、大きくは右に紹介した『今昔物語』から『平家物語』で具体化され、さらに謡曲『蝉丸』の世界で飛躍する。

謡曲『蝉丸』、あるいは憂き世としての中世

和歌説話のなかの蝉丸は、室町時代にさらに飛躍する。謎めいた出自、盲目の世捨人といった条件もさることながら、逢坂関から連想される地名の力が大きかった。今日も残る蝉丸神社は、逢坂・関明神と不即不離の関係にある。

謡曲『蝉丸』にあっては、かつての『平家物語』での蝉丸とは別に、その姉にあたる逆髪を登場させることで、新しい趣向が語られている。逆髪なる名は、逢坂関にちなむ〝坂神〟からの連想だろうから、演出の巧みさは、時代の成熟を感じさせる。

すでにふれた〝小町物〟もそうだが、室町の中世後期はかつての王朝の記憶を再生・加工することで、人々に文化の古層を実感させた時代といえる。平安の時代は「百人一首」の作者の顔ぶれからもわかるように、民衆はそこに荷担できていない。鎌倉をへた室町の時代は、民衆自らが文化の担い手としてその創造に参加することになる。謡曲『蝉丸』には、貴種なるがゆえに悲運に見舞われた運命

を、民衆のまなざしで演出する仕かけが随所に見られる。

第一場面は、延喜の帝は侍従の藤原清貫（きよつら）に命じて、盲目の第四皇子蟬丸を逢坂山に捨てさせる。前世の宿縁と自らの運命を悟った蟬丸は清貫のすすめで出家し、一人残されることになる。これを哀れむ博雅三位は苫屋（とまや）を用意し、重ねての訪れを約して去ってゆき、蟬丸はただ琵琶に心を慰める日々がつづく。

第二は、逆髪という延喜帝の第三宮の皇女が、髪が逆立つ病におかされ、宮中を追われ、花の都を出て狂気する場面である。

蟬　丸

そして第三は蟬丸と狂女の再会が語られる場面だ。まず、水面に映じた自身のあさましい姿と狂女ゆえの清らかな心の模様が語られる。ついで、逆髪は蟬丸の弾く琵琶の音色にひかれ庵に近づき聞き入り、思いがけずも弟であることを知る。互いの再会を喜びながらも、その宿業を嘆くというストーリーとなっている。

狂女物のジャンルに入れられる作品だ

が、その陰鬱さと悲痛さは〝憂き世〟の時代たる中世を象徴する内容といえる。和歌説話の豊かな広がりのなかで、無縁なる二人が逢坂山で出会うという情景の悲しみが、充分すぎるほどに語られているようだ。

小野篁の意地

王朝の記憶という切り口でいえば、小野篁説話の広がりも大きい。これまた説話・伝説の世界で独り歩きした人物だろう。だが、篁については小町や蟬丸ほど謎があるわけではない。

平安初期の貴族・官人社会で自らの意地を貫き通したその生き方は、おおいに興味深い。天皇の命令に抗し流罪となった篁のイメージが伝説の素地となったようだ。

11　わたの原八十島かけて漕ぎ出でぬと人には告げよあまのつり舟　参議篁

『古今和歌集』（巻九、羈旅）に「おきのくにながされける時に、ふねにのりていでたつとて、京なる人のもとにつかはしける」とある。歌意分明で韻をふんだ懸詞などはなく、漢学に長じた篁のセンスが見える。唐の文物を摂取しつづけていた平安初期ならではの気分が滲んでいる。雄壮さのなかに悲愴さがある。

篁の歌は右の『古今和歌集』以外の勅撰集にも一四首ほどがあり、嵯峨〜仁明天皇の時代の文人貴族の代表だった。白楽天と並び称されるほどの漢学の才を示し、『経国集』なり『本朝文粋』にも多くの詩文を残している。小野岑守の長子で、文章生をへて大宰小弐、東宮学士を歴任、承和元年

（八三四）に遣唐副使となった。

史実のうえで篁を有名にしたのが、その遣唐使拒否にまつわる一件であろう。船出した一行は渡海に失敗、後に正使藤原常嗣（つねつぐ）は自身が乗船した船が破損したため、副使の篁の船に乗り換えることとなった。これに抗議した篁は病と称し副使を辞し、「西道謡」の詩をつくって遣唐使を諷刺した。このことが嵯峨上皇の逆鱗にふれ、承和五年一二月に隠岐に流されることになる。『宝物集』（第二）、『今昔物語』（巻二四）にも伝える有名な話で、「百人一首」のこの歌はまさに、隠岐配流のおりに詠じたものだった。在島二年にして召還されたのちは、弾正大弼（だんじょうだいひつ）、陸奥守などをへて参議に列したので野宰相（やさいしょう）とか、野相公（やしょうこう）と通称された。そしてその強靭な意志を皮肉をこめて野狂（やきょう）ともよばれたという（『江談抄』第四）。

参議篁

冥界往来説話の広がり

篁説話のなかで隠岐配流伝説とともに双璧をなすのが、冥界往来（めいかい）の話だろう。『三国伝記（さんごくでんき）』（大日本仏教全書所収、室町期の一五世紀前半成立とされる仏教説話）あたりから広がったもので、篁は朝官（ちょうかん）でありながら、一日に二回ずつ魂を地獄につかわし冥官になったというものだ。

「炎魔宮ノ第三ノ冥官ノ化生ナル故ニ、身ハ朝廷ニ仕ヘ、魂ハ冥途ニ通セリ、敏ニシテ、詩書礼楽ニ達シ、明ニシテ仁義忠真ヲ得タリ」（第四―一八）と見え、詩書礼楽・仁義忠真の儒学的素養の人物と位置づける。

閻魔（炎魔）はいうまでもなく、人間の生前の善悪を審判する地獄の王で冥界の代表とされる。インドのヴェーダ神話に由来、地蔵信仰とともに中国に伝わり道教と習合したわけで、平安初期の成立とされる『日本霊異記』にも登場する。

ちなみに京都の六波羅蜜寺の近くにある六道珍皇寺には、その篁が冥界との往来に用いた古井戸が残されている。かつて愛宕寺と称したこの寺は『続日本後紀』天長三年の条に見えるが、『伊呂波字類抄』（一二世紀末頃成立の語彙集）に閻魔庁と関係が深かった篁が建立した寺という記述が残されており、冥界往来説話はそれなりに古いようだ。

地獄・餓鬼・畜生・修羅・人間・天上の六道輪廻の世界と連動する形で誕生した話で、篁が白楽天に比されるべき漢詩の才を見せた中国通で、詩書礼楽に通じ、かの遣唐使に任ぜられたことがこの説話のバックボーンだった。

この篁の学才は、菅原道真伝説と同じく、江戸期の儒学（朱子学）隆盛にも彩りをそえることになる。江戸幕府の学問所として知られる湯島聖堂（昌平坂学問所）の廟所には、孔子とともに篁像が祀られている。

ついでに、六道珍皇寺の冥界の古井戸がどこに通じていたかといえば、京都嵯峨野の清凉寺境内に通じていたとされる。ここにはかつて、左大臣源融の別邸（棲霞観）があったといわれている。〝嵯峨の釈迦堂〟として著名なこの寺の本堂の東側の古井戸がそれだという。

もちろん伝承・伝説以上のものではないにしても、ほぼ同時代に属する篁と融の両人が冥界世界で結ばれているのは、おもしろい。『源氏物語』で光源氏が夕顔と密会したのは、源融の荒廃した屋敷という設定で、そこに住む悪霊が彼女に取り憑き殺してしまうとの話も、融という人物の影響といえなくもない。

次は、その左大臣融についてである。

嵯峨源氏筆頭としての源融

河原左大臣といえば融のことだが、嵯峨天皇の王胤としてこれまた平安王朝を代表する人物だろう。Ⅱ章でふれた陽成院（13「筑波嶺の……」の作者）退位後の天皇候補として、自らもその有資格者たることを語り、基経に阻止されたとの逸話は有名である（『古事談』第一）。この人物も虚と実においては屈指とされる。この点は後に述べるとして、まずはその著名な歌から見てみよう。

「百人一首」では陽成院の歌の次に位置する。

14　陸奥のしのぶもぢずり誰ゆゑにみだれそめにし我ならなくに　河原左大臣

河原左大臣

融の歌人としての評はさほど高くはなく、四首が『古今和歌集』など勅撰集に見える程度である。右の歌も『古今和歌集』（巻一四、恋四）に「題しらず」と見えるものだ。恋の情念を奥州の信夫（福島県）の「捩摺」（草木で乱れ模様に摺った布）にたとえ詠じたもので、想い人への余情が、懸想の地奥州と重なるように詠み込まれ、広く親しまれてきた一首だろう。

寛平七年（八九五）、七四歳で没した融は、嵯峨源氏中で群を抜く富者として知られる。その来歴を簡略に紹介すれば、斉衡三年（八五六）に三五歳で参議となり、その後中納言に進み、貞観八年（八六六）の応天門の変で一族の源信と共犯の風聞もあったが、事なきを得てやがて大納言となった。さらに左大臣へと進み嵯峨源氏の筆頭となった。

その後基経が台頭し、元慶四年（八八〇）には融を超えて基経の子時平が右大臣から太政大臣になったことを機に、融は出仕しなくなった。失意の思いがそうさせたのであろうか。豪奢な邸宅を六条坊門に営み河原院と称した。鴨川の西にあったこの邸宅は、方四町におよぶもので、今日の枳殻邸（渉成園）の北方の本覚寺あたりとされる。

融は河原院に陸奥の塩竈の景を移し、難波江の海水を運んで塩を焼く煙をながめたとされる。融の没後に子の昇にゆずられ、さらにその後河原院は宇多上皇に献上された。宇多上皇が退位後、ここに住んだおり、夜半に霊となって現れた融に「事の道理を知らず」と叱責して、これを退散させた話（『今昔物語』巻二七―二）もある。

さらに宇多院が御息所褒子（時平の娘）とともに、この河原院を訪れたとき、霊となった融がこれまた登場し、褒子を所望したとの話（『江談抄』）なども残されており、色も欲も死後の語り草になる人物だった。

こうしたことが取沙汰され、謡曲の世界にも投影されたようだ。前述したように、嵯峨にも山荘（棲霞観）を設けているが、このほかにも宇治に別荘をつくり、三代（陽成・宇多・朱雀）の行幸がなされたようだ。この宇治の地はその後、摂関家に伝領され平等院となった。

従来も『源氏物語』の光源氏のモデルの一人とされてきたが、近年でも融とその時代を『源氏物語』の舞台として設定する立場が支持されつつある（例えば、元木泰雄「源氏物語と王権」）。

謡曲『融』より

河原院の荒廃ぶりは、亡霊や妖怪と結びつき、融伝説に影響を与えた。『今昔物語』（巻二七―一七）

「東人、川原院ニ宿シ妻ヲ取ラルル語」は主題どおりの話だが、平安末期には栄華を極めた融の世界とは別趣の話が広まっていたようだ。

君まさで煙絶えにし塩竈のうらさびしくも見えわたるかな

とは紀貫之が『古今和歌集』（巻一六、哀傷）で詠じたもので、その詞書に「河原の左のおほいまうちぎみの身まかりてのち、かの家にまかりてありけるに、しほがまといふ所のさまをつくれりけるをみてよめる」と見え、河原院が融の死後さほどの頃合いをへず荒れていたことがうかがえる。

謡曲の『融』という作品では、荒廃した河原院を訪れた東国の僧の前に、融の霊が汐汲みの老人となって現われ、かつての栄華を語り、その悦びを遊舞に託し夜明けとともに月の都へ帰るという幻想的世界が演出されている。

大枠の流れを『謡曲百番』からダイジェストで語ると、次のようになる。

旅僧（ワキ）が六条河原院で休んでいると老人が現われる。このあたりの汐汲みだと答える老人に、海辺でもないのにそう語った不思議さを旅僧が問えば、ここは昔、源融が陸奥の塩竈の景色を移した所で、ここに難波から海水を運ばせ塩を焼かせるという風流な遊びをして生涯を過ごしたが、その後相続する人もなく荒れ果てている旨を語った。そしてここから望見する都の名所について音羽水、逢坂関、さらに中山清閑寺、新熊野、稲荷山、木幡山、竹田、淀鳥羽、小塩の山々を教え、その老人は去ってゆく。

その後、先ほどの汐汲みの老人が融の霊の化身として貴人の姿（中将面・初冠・狩衣・指貫）で現われ、昔を偲び、月明りの下で舞を奏し名残りを惜しみながら消えてゆくというストーリーである。史実としての融の生涯はすでにふれたように、左大臣にまで栄進し、その限りでは現世の富勢をわがものにしたかの観もあるが、基経との主導権争いに敗れてからは嵯峨の棲霞観に籠り鬱々とした日々を過ごすことも多かったという。陽成退位後の王位継承への想いが、あるいはそうさせたものなのか。

そうした融の執念が、後世には優雅なる塩竈伝説とともに妄執の題材として謡曲に結実することになった。このあたりに虚実の皮膜のおもしろさがある。

次にわれわれは在原業平の世界を垣間見ようと思うが、その業平を主人公とした『伊勢物語』の初段に、融の「14 陸奥のしのぶもぢずり……」の歌も見え、恋の名歌としての広がりがうかがえる。

在原業平的な恋の世界

落語『千早振る』は在原業平の「百人一首」の歌を題材としたものだ。その昔、龍田川という力士が千早という女郎にご執心だったが、恋は成就せず、ついには「神代」という名の禿（女郎屋で仲継ぎ役の少年・少女）に恋の仲介を頼んだが、これにも邪険にされたという話である。「千早」に振られ、「神代」も言うことを聞いてくれないというペーソス風味の内容だ。

こんな笑い話のネタになるほどに、業平の歌は親しまれている。前述の源融から三首後に位置するのが業平である。「王朝の記憶」というテーマからしても、業平を取り上げることに異論はないはずだ。王朝の語感には、やはり『伊勢物語』に象徴されるこの業平的な恋の世界がついてまわるようである。

17 ちはやぶる神代も聞かず龍田川からくれなゐに水くくるとは　在原業平朝臣

『古今和歌集』（巻五、秋下）に「二条の后の春宮（とうぐう）のみやす所と申しける時に、御屏風に龍田川にもみぢながれたるかたをかけりけるを題にてよめる」とあり、『伊勢物語』（第一〇六段）にも載せられている。ここに見える二条の后は藤原長良の娘高子（たかいこ）で清和天皇の皇后、陽成院の母として知られる。

この歌は屏風に描かれた龍田川の紅葉の情景を詠んだもので、いわゆる「屏風歌」である。絵から連想される即興がポイントだろうし、当たり前のことだが観念的でもある。それがまた実際以上に写実性を与えることもあるわけで、観念の実在性とで符合する。

歌の鑑賞は本書の関心の外にしても、水面（みなも）におおわれた龍田川が唐紅の彩りを見せて流れゆく情景を「絞り染」に着想したもので、六歌仙に数えられるだけの才藻が伝わってくる。

「ちはやぶる神代も聞かず」は、入内した二条后への、あるいは業平なりのサービス精神の現われだったのであろうか。あえて「神代」を持ち出すことでの気遣いが見え隠れするようだ。高子は清和天皇への入内以前に、天皇の母后であった良房娘明子（あきらけいこ）の邸内に住んでいたという。そこでの業平とのロマンスは『伊勢物語』でも知られる。明子以外に娘をもたぬ良房にとって、姪の高子は特別な

業平略系図

桓武天皇 ─ 平城天皇 ─ 阿保親王
桓武天皇 ─ 伊登内親王
阿保親王 ＝ 伊登内親王 ─ 業平
阿保親王 ＝ 女 ─ 行平

在原業平朝臣

存在だった。良房の養子基経の妹にあたる高子は、第二の外戚関係をつくる切札だった。だから、そうした状況ではいくら業平とて高子は高嶺の花になってゆく。『古事談』（第二）には、高子と業平のスキャンダルを知った良房や基経が激怒し、業平の本鳥（もとどり）を切ったとの話もあるくらいだ。

このことから二人の昔の関係を、「神代」になぞらえたとの見方もあるようだ（角田文衞『二条の后藤原高子』）。

系図を見ていただくとわかるが、業平は桓武天皇の曾孫で、父の阿保（あぼ）親王は平城（へいぜい）上皇がかかわった薬子（くすこ）の変に連座して、大宰府へと左遷された人物であった。

天長二年（八二五）出生、阿保親王の

第五子で、母は伊登内親王、同じく歌人の行平は異母兄にあたる。在原氏の賜姓は、父阿保親王の上表による。すでに薬子の変で廃太子とされた高岳親王の子息たちへの賜姓と同じだった。子孫が政治的策謀に利用されないための阿保親王なりの配慮だったようだ。当然ながら業平もふくめた在原一族の出世は、公卿のレベルには到達しなかった。そこには王家出身の悲哀もあった。

在原氏の五男で右近衛中将であったことから業平は在五中将と称された。元慶四年（八八〇）五月、五六歳で没した。『三代実録』の卒伝には、「体貌閑麗ナルモ、放縦ニシテ拘ラズ、略才学ナキモ、善ク倭歌ヲ作ル」と見える。

ありていにいえば、色男、勝手、学才にとぼしいが、歌才はあった。こんな評だろう。たしかに『古今和歌集』に三〇首もの歌が採られていることからすれば、和歌隆盛の先駆をなした人物だったことは疑いない。

右の業平評の当否はともかく、彼の「放縦ニシテ拘ラズ」という性格が、在原氏賜姓にともなう非政治的人間への変容を自らの人格に課すことで形成されたとの見方もできる（このあたりの歌人業平についての議論は、目崎徳衛「在原業平の歌人的形成」参照）。

色好みと王朝の記憶

伝説につつまれた業平の生涯であるが、史実のうえでは惟喬親王との交流が知られていよう。惟喬は文徳天皇皇子で母は紀名虎の娘静子。ライバル惟仁親王（清和天皇）の外祖父良房へのはばかりで皇位につかなかった人物として知られる。惟喬の政治的不遇さに業平が自分自身を重ねたこともあったのであろうか。

業平と、その惟喬親王の妹恬子（やすこ）内親王と推測される伊勢斎宮との禁じられた一夜の契りは、すでにふれた二条后との恋とともに有名だ。禁忌（タブー）の恋は、業平の立場の危うさとつながり、さまざまな逸話を生み出した。後述する謡曲の数々はその結晶ともいえる。業平はその限りでは小野小町とともに色好みの双璧とされ、後世での伝説的イメージを定着させた。王朝の記憶に必ず浮上する人物といえそうだ。

『伊勢物語』が語る業平の東下り（あづまくだり）は貴種流離譚と結びつき、これまた伝説の広がりに一役かったであろうことは推測されるところだろう。流謫（るたく）といえば兄行平の須磨での籠居は、物語的世界で業平と重ねられてもいる。よく知られていることだが『源氏物語』（須磨の巻）において、光源氏は波瀾ぶくみの色恋沙汰で須磨へと籠ることになる。

ちなみに謡曲『松風（まつかぜ）』は、『古今和歌集』に見える行平の須磨での三年余りの籠居に取材したもので、松風・村雨の二人の姉妹との恋の物語で知られる。そこには光源氏と明石君（あかしのきみ）の恋がイメージ

藤原氏婚姻関係略系図

- 冬嗣
  - 長良
    - 基経
    - 高子（二条后）＝清和
  - 良房
    - 明子（染殿后）＝文徳
  - 順子＝仁明
    - 文徳
- 文徳＝明子 → 清和
- 紀名虎
  - 静子＝文徳
    - 惟喬親王
    - 恬子内親王

されていることは、想像に難くない。

王朝の記憶は、業平の『伊勢物語』から光源氏の『源氏物語』へと継承されたともいえる。そしてさらにその先にあるものは『平家物語』ということになる。とりわけ〝須磨〟という名所・歌枕の世界は、まさに〝王朝の記憶〟が沁み込んだ場でもあった。

話が広がったが、昨今の歴史学の成果では、『平家物語』の主人公平氏一門がなぜ摂津福原に都を遷したのかという問いへの一つの解釈として、〝王朝意識の再生〟ともいうべき視点が用意されている。清盛が須磨に近接する福原を拠点としたのは、日宋貿易の基地としての重要性に加え、成り上り者の平氏が王朝での正統性を主張するための方策だったのではないかとの理解である（高橋昌明『平清盛 福原の夢』）。

つまりは『源氏物語』的世界の貴族たちへの浸透にともない、王朝の記憶としてかれらのあいだに『源氏物語』の共有化の基盤があったこと、平家一門にとっても、この王朝の記憶への参入が自己の政治権力を正当化するために必須とされたとの理解である。

業平はその限りでは、王朝的人物の祖型に位置したことになる。色好みに象徴される王朝的世界は、『源氏物語』を経過し、『平家物語』で完成する。史実としての平氏の政権は、観念の生み出した世界を現実に合致させることで登場する武家の政治権力だった。武家たることの劣等感が、より強く王朝への同化意識を育むことになる。

業平から離れすぎたが、以下では虚構の謡曲の場面からアプローチしてみよう。

『伊勢物語』から『杜若』へ

業平伝説の原典というべきものが『伊勢物語』だった。「昔、男ありけり……」の書き出しはよく知られている。「天の下の色好み」の男女の歌物語がここに凝縮されている。もちろん業平だけが主人公ではないが、『伊勢物語』をモチーフにして、後世の説話や伝説が創られたことはまちがいなかろう。とりわけ業平の「東下り」にかかわる諸段（七段、伊勢・尾張。八段、信濃。九段、三河・駿河・武蔵・下総。一〇段〜一三段、武蔵。一四段〜一五段、陸奥）は、多くの歌枕・名所がちりばめられている。

三河国、八橋（やつはし）での〝かきつばた〟の五文字に旅の心を込めて詠じた一首（第九段）、

から衣きつゝなれにしつましあればはるばるきぬる旅をしぞ思ふ

から謡曲『杜若（かきつばた）』が誕生した。ここには『伊勢物語』の三段—六段に登場する二条后との恋をからめたストーリーが展開されている。

諸国一見の僧が東国行脚の途中、三河の八橋で美しい杜若に見とれていると、里女が登場し『伊勢物語』の業平東下りの一件を語り、彼女の庵へと僧を誘い、やがて輝く装束の唐衣（からごろも）と冠のいでたち姿で現われ、杜若の精である旨を語って歌舞を奏する。

そこには、業平の女人遍歴を菩薩行（ぼさつぎょう）とみなし、陰陽（おんみょう）の権化に業平を見立て、あわせて草木にも仏（ぶつ）

性（しょう）が宿るとの「悉皆成仏（しつかいじょうぶつ）」の姿が語られるなど、中世的神仏観も息づいている。

業平と二条后との恋に取材したものとして、ほかに『小塩（おしお）』も知られている。洛西の大原野を舞台に、花の盛りの時節、里の老人に扮した業平の霊がかつての二条后との恋を回想しながら「夢か現か、世人定めよ」と詠じ去るという話で、これまた『伊勢物語』の第七六段に取材したものだ。ここでは数多くの業平の女性との契りは塵の世に化現した神としての方便と解されており、ここにも中世的観念の成熟を看取し得る。

同じく『雲林院（うんりんいん）』には二条后が登場する。『伊勢物語』を愛読する蘆屋（あしや）の公光（きんみつ）が霊夢に導かれ、雲林院を訪ね業平の霊と出会い、二条后との秘められた恋の逢瀬が語られる。

『井筒（いづつ）』は大和国石上（いそのかみ）にあった在原寺の旧跡を舞台に、かつて業平と夫婦の契りを結んだ紀有常の娘井筒の霊が、業平の墓所を訪れた僧の前に現われ、その思慕を語るというものだ。

以上、〝業平物〟ともよぶべき謡曲の多くは、鎌倉～室町期に登場する『伊勢物語』の注釈書の諸説を巧みに取り入れ作品化したものだという。とりわけ冷泉家流『伊勢物語抄』との関係の密度は高いとされる（西野春雄校注『謡曲百番』各曲の梗概解説参照）。

中世は歌学の家でさまざまな注釈書がつくられた時代で、王朝の記憶はそうした営為のなかで再生産された。「百人一首」の撰者、定家は右の冷泉家の祖といってもよい人物だ。

本章の最後に、肝心の定家にふれておこう。

定家の真骨頂

自ら撰した「百人一首」に入れられている定家の歌には、撰歌にさいしての意思が投影されている。数多くある定家の作品のなかで次に挙げた恋の歌は、やはり王朝の最後を飾るにふさわしい。Ⅰ章でふれたように、「百人一首」には恋の歌が多い。

というよりは、魂の衝動を集約的に言説化する行為が詩歌とすれば、叙情の世界の象徴としての恋は男女の本源的行為であり、情念の輝きの表現の仕方こそ時代の文化なのだろう。定家はそうした立場で自身と自身の編纂にかかわる歌の選択をおこなったはずなのである。

97　来ぬ人をまつほの浦の夕なぎに焼くや藻塩の身もこがれつつ　権中納言定家

平安時代を〝王朝〟というイメージで彫磨(ちようま)する特効薬が右の歌にはあるようだ。「まつほの浦」――淡路国の歌枕である松帆浦に待つの語を懸け――とともに、「夕なぎ」「焼く」「藻塩」「こがれ」などの縁語を多用した表現が見え、姿を見せぬ恋人を待ちあぐむ身の切なさと苦しさが伝わる。余情・有心の体こそを主脈とする定家の真骨頂がよく表現されている。

『新勅撰和歌集』(巻一三、恋三)に「内裏の歌合」とあるので、題詠であったことがわかる。建保四年(一二一六)、定家五五歳のおりの作品とされる。題詠が観念の所産である限り、経験・体験的写実とは距離がある。多くが生活に根ざした『万葉集』ともやはり異なる。そのことを優劣に解消してしまうわけにはゆくまい。少なくとも題詠の登場は、歌を詠ずるという行為を通じて文化の自覚化

権中納言定家

が可能となった時代の産物だったからだ。

抽象的内容がつづいたが、定家が心ざした「百人一首」は王朝的記憶の集約でもあったはずで、この点は強調されるべきだろう。

この歌が詠ぜられた建保年間（一二一三―一九）といえば、東国にあってはかつての幕府重臣である和田義盛の乱が終わり、三代将軍実朝の『金槐和歌集』がなり、頼朝とともに幕府を築いた北条時政が没した。そんな時期だった。「百人一首」の誕生までは、いましばらくの時間は必要なのだが、定家自身の王朝人たることへの自覚と自負は、武家とのかかわりのなかで高まったと思われる。

実朝の歌のところでもふれたように（六二―六三頁参照）、東国の王（将軍）たる実朝を官職的秩序（右大臣）に位置づけることで、王朝文化の担い手として包摂する試みは、定家のみならず、当該期の公家一般の考え方だった。

定家自身の履歴については、参照すべき多くの関係書にも見えている。俊成（83「世の中よ道こそなけれ……」の作者）を父に、藤原親忠娘（美福門院に仕えた女房加賀）を母とした。主要官歴でいえば参議となったのが建保二年（一二一四）のことだ。安貞元年（一二二七）に正二位に進み、貞永元年（一二三二）に権中納言に任ぜられた。翌年出家し明静と号し、仁治二年（一二四一）八〇歳で没している。

歌人、歌学者としての定家の生涯は、右の官歴だけを見ると順風に見えるが、実際はそうではなかった。彼が生をうけた応保二年（一一六二）は、清盛が台頭する時代でもあった。源平争乱から平氏の滅亡、鎌倉政権の誕生、さらに承久の乱と戦乱の時代を生きぬいた。その日記『明月記』はⅠ章でも取り上げたが、この時代を語るうえでの貴重な証言でもある。

われわれは、その『明月記』によりつつ、定家という人物が体験した中世の激動の時代についておさらいしておこう。

定家の血縁ネットワーク

次頁の系図を見ていただきたい。定家の姻戚関係を見ると、ここから鎌倉初期の公武の人的ネットワークのあらましがわかると思う。その妻は親幕派の代表西園寺実宗（さねむね）の娘だった。妻の兄公経（きんつね）は承久の乱で後鳥羽院に幽閉された人物で、その妻は頼朝の妹の血を引く。

そして若いころ、定家が家司として仕えた九条兼実（くじょうかねざね）は、これまた頼朝との関係が密で、その子良経の妻も定家とは無縁ではなかった。要するに西園寺・一条・九条の各家を通じ、定家は鎌倉幕府と

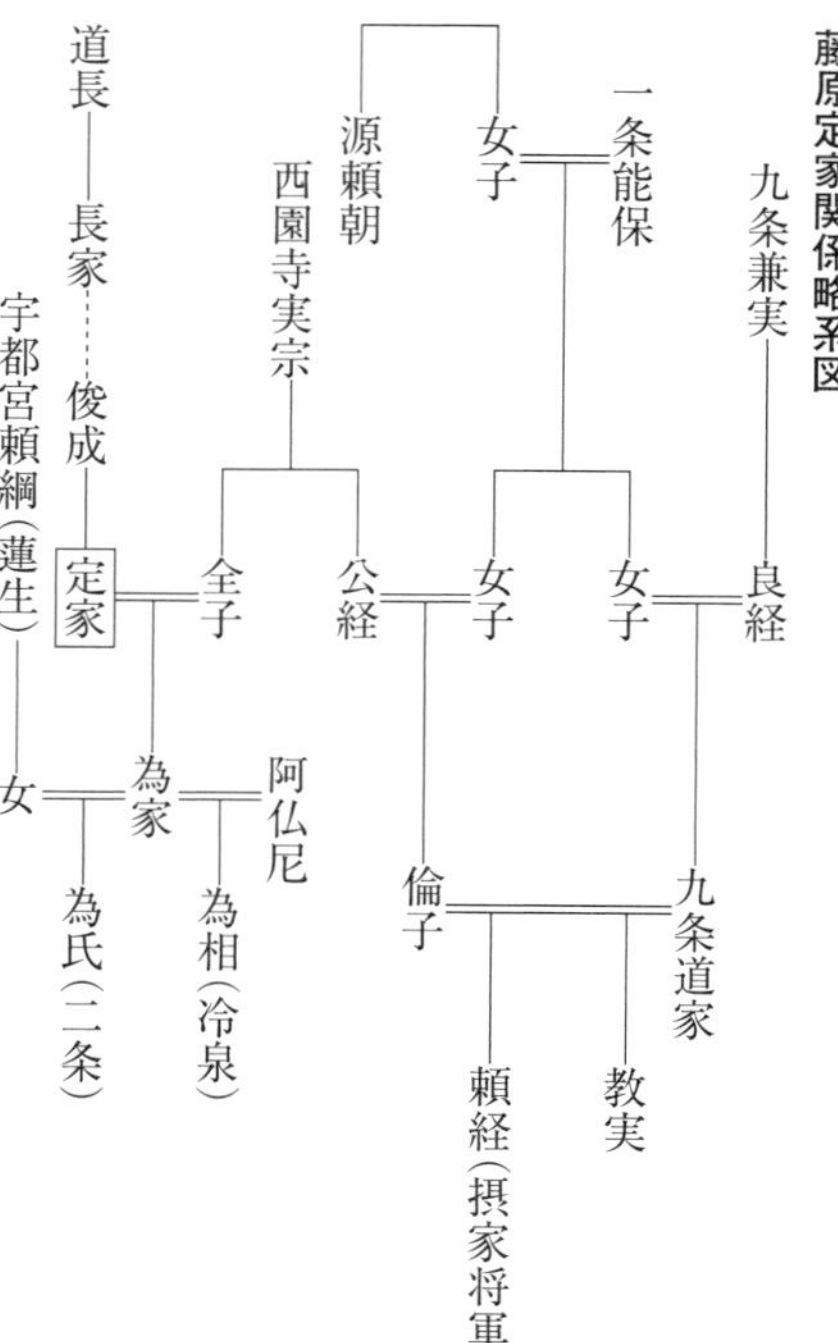

浅からぬ関係で結びついていたのである。

定家はもちろん歌の家という立場での関係でしかなかったが、三代将軍実朝との歌を介しての結びつきについては、親幕的人脈が後押ししたはずだろう。そして東国の有力御家人宇都宮頼綱（蓮生）の娘が息子の為家の妻であったことも大きい。ちなみに「百人一首」の正式呼称『小倉山荘色紙和歌』は、この蓮生の依頼によったことは、有名である（一二一—一三頁参照）。

以上、系図を見まわしただけでも、定家の周辺には東国の人脈が強かった。その日記『明月記』には、後鳥羽院との感情的もつれが見えているのは興味深い（この点、例えば堀田善衛『定家明月記私抄』）。これには、歌の家としての定家のスペシャリストとしての矜持と、政治・文化諸分野の統括者（ジェネラリスト）たることを自認する後鳥羽院との対立が背景にあったと考えられよう。

歌学の方向性をめぐる確執とともに、反幕的気分をつのらせた院との気質のちがいが作用したのかもしれない。芸術至上主義に徹した定家は、政治とは無縁の場に自らをおこうとした。以前にもふれた「紅旗征戎、吾ガ事ニ非ズ」（『明月記』）の著名なことばをもち出すまでもなく、源平争乱の物情騒然たるなかにあって、わが道（歌道）を貫く強さが右の定家の発言には認められる。一面で妥協のない芸術家肌の性格が官人としての出世に響いたことも否めない。

余談風に紹介すれば、例の実方中将が行成との暴力沙汰で左遷されたように、定家の場合も、これに類した暴行事件をおこし、四ヶ月の除籍処分を受けている。文治元年（一一八五）、二四歳のおりのことだ。殿上で上司にあたる少将の源雅行を殴り、右の処分とあいなっている。

この事件が影響したのであろうか。二九歳で従四位下、三四歳で従四位上と昇進はいささか遅い。ともかく三九歳でやっと正四位となっている。この時期、主君筋の九条兼実が建久七年の政変で失脚、流れは後鳥羽院を中心とする反幕的方向が強くなる。定家もこの流れのなかで、四〇歳以降の昇進は約一〇年間滞ることになる。

ただし定家の姉・九条尼が卿二位藤原兼子に家領の荘園を寄進しようとして、定家昇進の件を依頼したことも手伝ったらしく、その後ほどなく五〇歳にして従三位となる。兼子は後鳥羽院の乳母で『愚管抄』にも「京ニハ卿二位ヒシト世ヲトリタリ」といわれた権勢家だった。

定家は五〇歳にして、なんとか公卿の仲間入りができたことになる。以後、参議から治部卿と順調に官位を昇ったが、承久二年（一二二〇）に定家が詠じた歌が院の逆鱗にふれ追放処分となる。「野外の柳」の題で定家が出詠した「道のべの野原の柳下燃えぬあはれ歎きの煙くらべに」の歌である。これは大宰府で憤死した道真の歌を本歌としたもので、官界で沈海する自分の身をあわせふまえたと解される。一方でそれは、政道への皮肉、批判と後鳥羽院は受け取ったとされる。だが、その翌年の承久の乱で定家ははからずも復帰を果たし、六六歳で正二位、七一歳で権中納言と昇る。

公武の間に生きた一歌人の生涯からは、政治とは無縁であろうとしつつも、そこから自由になり得ない苦悩も推測できるようだ。

『明月記』には個性の強さが見え隠れするが、そうした執心的気質が歌聖といわれた定家に種々の伝説をまといつかせることになる。式子内親王との恋を題材とする謡曲『定家』は、その最たるものだ。

謡曲『定家』と式子内親王

『謡曲拾葉抄』（「雑文集」）に次のような説話が見える。意訳すれば、

今は昔、後白河院の皇女に式子内親王と申す方がいた。初め賀茂の斎院となりやがて退くことになったが定家卿が寄せる想いは深く、その恋心を歌に託したものの、定家卿は容姿が悪く、斎院は返歌もせず〝そんな容貌で、よくおっしゃること〟とうそぶく態度を示したので、定家卿は〝契りを結ぶことにおいて、神も私も同じはずなのに〟との歌を詠じ進めた。

これは後世の創作にかかる定家と式子内親王に関係した説話だが、謡曲の『定家』はこの式子内親王と定家との悲恋に取材したものとなっている。ただし、史実からいえば式子内親王が斎院となったのは平治元年（一一五九）で、退いたのが嘉応元年（一一六九）とされる。とすると内親王は二〇歳（『兵範記』）だが、この年定家は八歳前後であり、年齢的にはいささか隔たりもある。しかし、年上の女性への想いということではあり得ない恋ではない。それはそれとして定家という人物には、想い人への強い執心のイメージがついてまわったのだろうか。『定家葛（ていかかづら）』ともよばれるこの曲は、広く知られるところとなった。

式子内親王

夢幻能（むげんのう）の形式よろしく、例によって旅僧が都を訪れる場面から始まる。旅僧が定家の屋敷があったとされる時雨（しぐれ）の亭で休んでいるところに、式子内親王の亡霊が現れる。昔定家卿と契りを結んだことで、内親王の墓石に定家の執心が葛となって這いおおうようになり、その妄執のゆえの苦しみを伝える。その後、旅僧の回向を得たことで成仏した内親王の霊は、やがて報恩の舞をなし帰泉（冥界のこと）に赴くというストーリーである。

そこではまた、両人は「忍び忍びの御契浅からず」関係にあり、「邪婬の妄執」が死後にまでつづいている様子も語られている。さらには、「玉の緒よ絶えなば絶えねながらへば……」の式子内親王の歌も挿入され、ドラマティックな展開が語られている。

89　玉の緒よ絶えなば絶えねながらへば忍ぶることの弱りもぞする　式子内親王

『新古今和歌集』時代の歌人の第一人者として知られるこの人物の歌は、定家に対して詠ぜられたわけではない。だが、あまりにも情熱にすぎたその歌に恋の執念を見出すことになったわけで、時代的にはいささかのズレもある定家との出逢いを、謡曲の作者はこの歌に託したのかもしれない。『新古今和歌集』（巻一一、恋二）に「百首歌の中に忍恋を」と見えるものだ。忍ぶべき恋ではあるが、今はもはや忍ぶことができないまでに立ちいたったその心境を、与えられた題詠「忍恋」として詠んだものである。

定家ともども『新古今和歌集』の時代に生きた式子内親王が、こうした形で謡曲の世界で結びつけられる構想の力に驚かされる。

Ⅵ　「百人一首」に時代をめぐる

ここでの課題は、「百人一首」の時代性について整理することにある。「百人一首」の全体的概要を扱ったⅠ章と対をなすもので、後世（こうせい）における受容の在り方に焦点を据えた。Ⅰ章が「百人一首」の成立・構成といった基礎データの提供にあったのに比し、本章は中世・近世そして近代にいたる各時代の受容の諸相に思想史・精神史からアプローチする。

簡略にいえば、近代にいたるそれぞれの時代の「百人一首」観を問題としたい。別のいい方をすれば、各時代における王朝文化への認識の在り方といってもよい。これまで指摘してきたように、「百人一首」は平安の王朝時代と不即不離の関係だった。そして、その後の時代の流れのなかで、王朝のイメージを定着させた。

イメージの定着という点では、カルタ・花札といった遊戯、歌舞伎・落語などの大衆芸能などにも、さらには近代の学校教育においても影響を与えた。

翻って、そのことが、「百人一首」の受容の歴史を超えて、王朝貴族たちに対する認識を決定的なものにもした。雅、軟弱、優柔という言説表現からのイメージは、近代における負の遺産を象徴させることになった。文と武から投影される負と正の連鎖は、王朝貴族に前者を、これと対極をなす武士に後者を代弁させることとなった。
近世そして近代がはらむ時代性の問題には、そうした深い内容が盛り込まれることになる。

〝中世の秋〟を考える

平安中期以降の王朝国家の時代が、〝中世の春〟と位置づけられることは前にふれた。「百人一首」の歌人たちの多くはこの〝中世の春〟にくるまれていた。王朝国家が終わりをむかえる鎌倉期に誕生した「百人一首」は、〝中世の春〟を文化のレベルで再生したものだった。そこには東国に誕生した武家政権に対し、伝統的王威に根ざした王朝の矜持の所産という面もあった。

定家以後の成熟した中世は、京都と鎌倉という二つの権力を内包しながら、室町時代をむかえる。〝中世の秋〟へと傾斜を深めたこの時代、「百人一首」の聖典化がすすむ。

中世後期の文化の特質が、公武両権力の統合にともなう、身分・階層を超えた文化の普遍性にあったとすれば（この点、義江彰夫『歴史の曙から伝統社会の成熟へ』）、その聖典化は、「百人一首」の価値の共有化がはかられた証にほかならない。

有名な「二条河原落書」が「京鎌倉ヲコキマゼテ、一座ソロハヌエセ連歌、在々所々ノ歌連歌、点者ニナラヌ人ゾナキ」と歌の似非的状況を揶揄し、「下剋上スル成出者」を嘲笑する風潮は、来たるべき次の時代の予兆でもあった。権力の下剋上は、文化の世界にも浸透していったことになる。

しかし一方においては、文化の正統性が問われ、家業化した公家文人を生み出すことにもなった。歌道での二条・冷泉・京極諸家の誕生は、このことを語るものだった。特殊な技能や技芸の秘事・相伝化は、伝統を誇る和歌の世界において明らかであった。

王朝貴族の末裔たるかれらの専業的文化継承者たることへの自負が、文化の普遍性に対する反動として表面化した面もあった。「百人一首」の聖典化という流れは、右のことと対応する。

〝〜抄〟、〝〜注〟と表現される数多くの「百人一首」の注釈書の登場は、室町期を中心とする〝中世の秋〟の産物だった。一般にこうした注釈書の出現は和歌の文化力を衰退させたとされるが、それは表面的な見方にすぎない。家学化した注釈学が潜在力となり、近世以降の百人一首学の収穫につながったことも否定できないからだ。それが「百人一首」に見る文化の厚みに寄与することにもなった。それはかつての平安王朝それ自体を、旬のままの姿で観念化するために必要なことだったのかもしれない。

定家・為家没後、その子孫は二条・京極・冷泉の三家に分立、歌道を継承したが、「百人一首」の注釈学という面では二条家が牽引的役割を果たすことになった。指摘されているように「応永抄（おうえいしょう）」から始まり、「宗祇抄（そうぎしょう）」そして「幽斎抄（ゆうさいしょう）」にいたる「百人一首」の注釈学の流れのなかで、その聖典化が推しすすめられていった。

「応永抄」は現存の「百人一首」の注釈書としてはもっとも古いとされる。応永一三年（一四〇六）

の藤原満基書写本で「小椋山庄色紙和歌」の内題を有し、そこには「世に百人一首と号する也」とも見え、「百人一首」の名称の文献上の初見とされる。注の作者は不明ながら、南北朝期の歌僧、頓阿（一二八九—一三七二）あたりがその候補とされる。「井蛙抄」などの著作で知られる頓阿は二条為世に歌を学び、二条家歌道に影響を与えた。

「宗祇抄」は文明一〇年（一四七八）の奥書をもつ室町末期の連歌師、飯尾宗祇（一四二一—一五〇二）による「百人一首抄」の俗称で、「祇注」とも呼称される。「応永抄」発見以前には、この「宗祇抄」が最古の注釈書とされてきた。

連歌師としても著名なこの人物は、武将でかつ歌人として有名な東常縁（一四〇一—九四）から「百人一首」の講釈を継承した。常縁のルーツは鎌倉幕府以来の名族千葉氏で、先代の胤行が為家の娘婿となっていた関係から、二条家の学統はこの常縁へと継承された。常縁を介して宗祇へと受け継がれた「百人一首」の伝授は、古今伝授と同じく師子相承主義的要素を強く有するにいたった（横井金男他編『古今集の世界』）。

そして、「幽斎抄」は戦国武将細川幽斎（藤孝）（一五三四—一六一〇）が前述の「宗祇抄」を受け継いだ注釈で、基本的には「応永抄」を踏襲したものといわれている（松村雄二『百人一首』）。

古今伝授と重なるように、「百人一首」伝授ともいうべき状況が、室町・戦国期に広く認められるところとなっている。定家の末裔たる二条家がその方面での専業化を深め、和歌の学統主義が浮上する。もちろん、注釈分野の盛行は右の三つに限られるわけではなく、「百人一首」関係の諸種の解釈がなされた（これらの問題に関しては、例えば吉海直人「百人一首の世界」参照）。

中世後期はあらためて指摘するまでもなく、有職故実学という新しいジャンルが開拓された時代だった。公家的な伝統を母胎に誕生したこの世界は、公武の統合のなかで進展した文化の融合性とは別に、個別・専業化の道程を選択することで成立した。歌学の家学化とは、そうしたことを意味した。

王朝文化の受容歴

「百人一首」がそうであったように、『古今和歌集』あるいは『源氏物語』などのかつての王朝文化は、書・絵画・茶・香などの道々の技芸と一体化しつつ、中世後期以降もその命脈を保った。例えば茶道で有名な武野紹鷗（たけのじょうおう）（一五〇二―五五）などは、歌道を三条西実隆（さんじょうにしさねたか）（一四五五―一五三七）から学び、例の宗祇から伝えられた「小倉色紙」を、茶会において茶掛け（床間の掛軸に書かれた墨書）として用いたとされる。

従来、茶の湯の世界での茶掛けは禅宗からの影響もあり、漢詩がならわしであったが、これを「百人一首」などの和歌に代えることで、それが以後の定番となったという（吉海直人「百人一首の世界」）。「侘（わび）」「寂（さび）」を旨とする茶の湯は「百人一首」と結合することで本格化したことになる。

さらに室町期の文化を代表する能や狂言でも事情は同じだった。すでにⅤ章「虚と実」で見たように、能・謡曲世界での王朝文化（『源氏物語』『伊勢物語』『平家物語』などを母胎とした演目）の再生は、

〝中世の春〟を時代の記憶として凍結させるうえで大きな役割を果たすこととなった。

考えてみれば「憂き世」と「浮き世」、ともに現実を写す表現ながら、仏教的厭世観に裏打ちされた前者と、そうではない後者の相違が、〝中世の秋〟を代表する能（謡曲）と狂言に同居していたことは興味深い。「浮き世」が近世的要素を強く有した観念であったことは言うまでもないわけで、その限りでは、中世後期は来たるべき近世の要素をその胎内に宿していたことにもなる。

この伝統芸能にあっては、能と狂言が「憂き世」と「浮き世」を代弁する形で演出されているのは、当該期の文化の特質を考えるうえで重要だろう。

前者の能楽の場合は、かぶり物（面＝おもて）をつけ、懸の橋を通して現在と過去を往来する。そうした夢幻能の形式にあっては、明らかに「憂き世」が意識されている。また後者の狂言が太郎冠者を登場させ、庶民のペーソスと笑いをさそう仕かけは、「浮き世」の世界に属するものだ。

と同時に、能（謡曲）の主役（シテ）が伝統的過去の王朝世界の主人公たちであり、これと対比されるべき狂言の主役は現実の庶民たちだったことは留意すべきだろう。「憂き世」と「浮き世」のそれぞれを代表する文化の担い手たちが同一舞台で同居しつつも、融け合うことはなかった。戦国以降、武家の式楽として定着してゆく能楽は、封建王権の主体たる武家が王朝的伝統をその内部に同化させる対象ともなった。まさにそれは、武家が王朝文化の継承者たることを伝えるものだった。

茶の湯（茶道）の世界にあって、茶掛けの書筆に定家様の「小倉色紙」が流行し、戦国武将のあいだで絶大な人気を博した。それは、懐古趣味の流行とともに、それを支えたものとしての王朝文化の継承者たることとの武家の自覚だった。王朝的＝正統なるものへの憧憬が、戦国期には定着していった。中世末から近世にかけての段階は、明らかに武家の王権が旧来の王朝を併呑する形で日本国に君臨することになる。鎌倉以来の封建王権の成熟がここにあった。そこにあっては伝統の天皇もまた人格をもった存在として、文化の荷担者として登場することになる。

「百人一首」を例にとれば、「古今伝授」を細川幽斎から認められた後陽成（ごようぜい）天皇（一五七一—一六一七）による釈義「後陽成抄」、さらにつづく後水尾（ごみずのお）天皇（一五九六—一六八〇）による「後水尾抄」などがある（和田英松『皇室御撰之研究』）。これらからわかるように、「百人一首」自体が伝統の象徴たる天皇により、解釈されたことがポイントだった（この点、白幡洋三郎編『百人一首万華鏡』参照）。

その意味では、王威の再生をはかるために、「百人一首」はそれなりの役割を果したといえよう。Ⅰ章でも指摘したように、天皇で始まり天皇で終わる「百人一首」の構成は、この天皇の権威を近世という新しい時代に刻むための作用を与えたことになる。

話を飛ばすならば、近代明治の王政復古が可能だったのは、武朝たる徳川政権下にあって朝廷・公家（天皇）が細々と培ってきた王朝主義が、限定された世界で凍結されていたことも大きい（この点、拙稿「歴史学以前」参照）。

天智天皇から後鳥羽院・順徳院にいたる百の和歌は、それ自体が丸ごと王朝の記憶とされたわけで、このあたりのことをどう読み解くかが一つの課題でもある。

時代のめくり方という本章のテーマからすれば、次に近世江戸期の「百人一首」を考えてみることが必要になるだろう。

中世から近世へ――「百人一首」と国学

「百人一首」の受容歴でいえば、近世江戸期は学統の広がりとして理解できる。中世以来の家学として固定化したこの世界が、より学問領域に近づく時代が到来した。とりわけ国学分野における「百人一首」研究の広がりは大きかった。

下河辺長流（しもこうべながる）「百人一首三奥抄」、契沖（けいちゅう）「百人一首改観抄（かいかんしょう）」、戸田茂睡（とだもすい）「百人一首雑談」、荷田春満（かだのあずままろ）「百人一首発起伝」、田安宗武（たやすむねたけ）「小倉百首童蒙解」、安藤為章（あんどうためあき）「年山紀聞」、賀茂真淵（かものまぶち）「宇比麻奈備（うひまなび）（初学）」、本居宣長（もとおりのりなが）「百人一首改観抄書入」、香川景樹（かがわかげき）「百首異見」、尾崎雅嘉（おざきまさよし）「百人一首一夕話」などの諸研究が目につく（こうした国学者の業績については多くの研究があるが、代表的なものとして伊藤正雄『近世の和歌と国学』、佐佐木信綱『和歌史の研究』がある）。

一般に近世の国学分野での注釈は、「百人一首」の成立・解釈などをふくめ語句の用法などに関して、原典史料を精査している点が重要だろう。総じて「新注」（中世後期の家学流の「古注」に対しての呼称）とよばれるが、以下では学問的にすぐれ、後世に影響を与えたとされる三大新注（契沖・賀茂真淵・香川景樹）を紹介しておこう。

①　契沖（一六四〇—一七〇一）「百人一首改観抄」（以下「改観抄」）は、初めの総論部分につづき、各歌作者の略伝、そして歌自体の詳注がほどこされ、現在の多くの「百人一首」関係書物の雛型(ひながた)的叙述スタイルをとっている。

契沖が兄事した下河辺長流「百人一首三奥抄」の未定稿本に自説を加えたものだった。江戸前期の元禄五年（一六九二）の成立とされる。契沖は幼少で出家し高野山で修行、阿闍梨位を得、四〇歳で下河辺長流に師事した。

契沖といえば多くの教科書などに載る『万葉代匠記(だいしょうき)』で知られるが、和歌万般(ばんぱん)の実証的研究を残しており、真淵や宣長につながる国学の基礎をつくった人物だった（『契沖全集』第六巻）。

また前述の安藤為章はその弟子の一人だが、水戸家の家臣で彰考館にいた為章は、『明月記』文暦二年（一二三五）の記事から、中世以来の定家撰者説に対し、宇都宮頼綱撰者説を提起したことで知られる。

②　賀茂真淵（一六九七—一七六九）「宇比麻奈備（初学）」は旧説「百人一首古説」（『群書一覧』では荷田春満との共著と見える）を補訂した内容で、書名から推測されるように、和歌の初学者にとっての「百人一首」の効用を説いたものである。「百(もも)くさの言の葉の林に遊はしめて、うひしきほとの字ぐさとする……」と述べている。

真淵は賀茂社の末流浜松神社の家に生まれたが、やがて京都に出て荷田春満の門弟に列し、その

国学者系統図

＊各人物の年代位置づけは、それぞれ40歳における時点でとってある

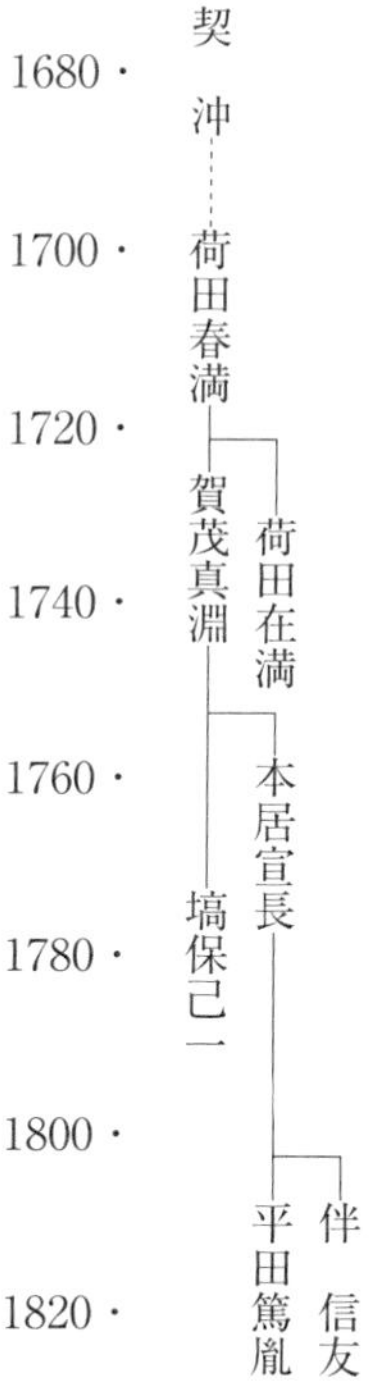

1680・ 1700・ 1720・ 1740・ 1760・ 1780・ 1800・ 1820・

契沖……荷田春満 ─┬─ 荷田在満
　　　　　　　　　└─ 賀茂真淵 ─┬─ 本居宣長 ─┬─ 伴信友
　　　　　　　　　　　　　　　　│　　　　　　└─ 平田篤胤
　　　　　　　　　　　　　　　　└─ 塙保己一

没後在満（ありまろ）（春満の甥で、後に養子）の推挙で田安（たやす）家に仕官。万葉学の古道を立て、その著「国意考」はよく知られている。「百人一首」の成立論に関しては、前述の安藤為章による頼綱撰者説を支持していたようでもあるが、必ずしも明言しているわけではない。なお「宇比麻奈備」は真淵の晩年の明和二年（一七六五）に書かれている。

真淵の学統に『古事記伝』の著作で知られる本居宣長がいる。宣長には既述の如く「百人一首改観抄書入」なるものがある。独立の注釈書ではないが、契沖の「改観抄」や師の真淵の「古説」を書き加え、講義をなしたことが知られる（宝暦一〇年一〇月～一二月、『賀茂真淵全集』第一二巻）。

③　香川景樹（一七六八―一八四三）「百首異見」は、契沖・真淵が考証学を土台としたものに対し、歌人の立場から鑑賞を重視した内容となっている。京都の桂園派の祖として、歌風は明治以降「御歌所流」に残り、後述する正岡子規の短歌革新運動まで伝統歌壇の中心となった。

歌人的直観を重視する立場は、古典を重視する真淵説への論駁が中心で、独特の見解も少なくないとされるが、一面で偏向もある。文政六年（一八二三）の刊行とされる。

以上、三大新注と称されたものを簡略に紹介した。近世江戸期の国学の登場の背景には、原典主義への回帰があった。よく知られているように、儒学（朱子学）の一派たる古学・古文字学の影響のなかで、徂徠学（荻生徂徠）の考証・実証主義の登場とあいまって、古典・原典への重視がさけばれるわけで、そうしたことが国学の登場をうながしたことは疑いない（国学と歴史学との関係については、拙著『「国史」の誕生』参照）。

江戸の「百人一首」――〈遊び〉と〈学び〉

近世江戸期の「百人一首」は古注から新注の注釈学を軸に展開した。国学はそうしたアカデミックな場面を提供したことになるが、文化の広がりという面では、庶民の時代に対応した「百人一首」の世界も登場する。

「浮き世」への現世・現実主義が江戸の新しい文化の土壌を形づくることになる。これを以下「遊び」と「学び」という二つの視点からながめてみよう。

まずは「遊び」の世界から、例えば「落語」である。在原業平の、

ちはやぶる神代も聞かず龍田川からくれなゐに水くくるとは

についてはすでに前章「虚と実」でもふれた。広く人々に親しまれているがゆえに、落語の材料と

されたものだ。

当然、こうしたパロディ風味の話は川柳・狂歌にも共通する。大田南畝（蜀山人、一七四九―一八二三）の「狂歌百人一首」（天保一四年＝一八四三）に例をとれば、すでに紹介した天智天皇（二二頁参照）、小式部内侍（一〇九頁参照）の二首について、次のような狂歌を詠んでいる。

秋の田のかりほの庵の歌がるた取りそこなって雪は降りつつ

大江山いく野の道の遠ければ酒呑童子のいびき聞こえず

天智天皇のものを本歌とした右の一首は、正月の歌がるたの遊びを機知をまじえて歌い込んだもので、傍線部が詠み換えで庶民のカルタ遊びの広がりがわかる。また左の小式部内侍の一首は、同様に傍線部が詠み換えだ。大江山から連想される酒呑童子とこれに酒を呑ませて退治した源頼光の「大江山絵詞」の説話が下敷きとなっている。

百首にわたる蜀山人の独詠は、風刺と笑いが結びついた近世文芸の到達点だった。そこに「百人一首」が彩りをそえていることは重要で、時代の成熟が看取できるのではないか。すでにふれた中世の「二条河原落書」に見る政治レベルでの風刺とは、また異なる趣があるわけで、政治や社会のみならず、文化をも手玉に取る江戸期の〝したたかさ〟が見え隠れしている。

江戸期における数百にのぼる異種の「百人一首」の存在――「武将百人一首」「名所百人一首」「女房百人一首」「高僧百人一首」など――に見られる各分野（ジャンル）別のものが流行したことも、右のような時代状況の反映として理解されるべきだろう（異種「百人一首」については鈴木知太郎『小倉百人一首』）。

ちなみに天智天皇のパロディ歌に「歌がるた取りそこなって」と見えるが、江戸の時代は「歌がるた」全盛だった。古くからの貴族の遊び「貝合せ」や戦国末の南蛮渡来の「カルタ」（歌留多）が融合して独自の遊戯として定着したものだった。「歌がるた」は、そうした前史をもって登場した。そこでは『源氏物語』『伊勢物語』を題材としたものもあったが、やはり広がりという面で「百人一首」がほかを圧倒した。

「歌がるた」とともに想起されるのは、やはり「百人一首絵」だろう。「六歌仙絵」や「三十六歌仙絵」などの広がりを前提としたもので、文字（和歌）と絵が結びつくなかで江戸後期には庶民のあいだに流行した。

われわれが日常イメージする「百人一首」関係のカルタは、本書の関係箇所でいくつか載せたように、この各歌人の肖像絵入りのものだろう。木版（もくはん）刷りの普及が「百人一首」文化の裾野を広げたことになる。「百人一首カルタ」の早い例では江戸初期の元和年間に聖護院（しょうごいん）の道勝法親王（後陽成院の弟）筆になる歌カルタ（絵師は不明）だ。その後に流行する「百人一首」関係のカルタはこの道勝のものを初めとしたといわれる。

元来、定家撰の「百人一首」が絵をともなっていたかどうか、議論のあるところで、前にふれた南北朝期の頓阿の著書「水蛙眼目」には、嵯峨山庄の障子に歌仙百人の似絵ありとの記述もあり、「百人一首」と歌仙絵との関係を語る早い例として注目されてきた。

鎌倉初期の似絵（肖像画）の名手藤原信実の作品としては、『佐竹本三十六歌仙絵』が残されており、また現存しないが後鳥羽院の「時代不同歌合絵」の存在が指摘されており、種々の見解が提起されている（右の諸点については、松村雄二『百人一首』、島津忠夫「百人一首成立の背景」参照）。

では「学び」の場面ではどうか。これまでの指摘からも推察できるように、「遊び」と「学び」は連動していた。読み・書きという寺子屋の世界において、数多くの「往来物」（手紙形式を基本とした初学者用の教科書）が登場しており、「百人一首」も教材の一つだった。

とりわけ女子教育にあっては絵入りの「百人一首」が普及した。一八世紀以降「女大学」「女今川」「女往来」などの啓蒙・教訓書の登場とともに、「万宝百人一首大成」（一七〇七）、「若鶴百人一首」（一八二三）など、女子の教養・躾・作法などにかかわる出版物が大量に出回るわけで、昨今の出版文化の原点が見えるようでもある。

そうした教化・啓蒙関係の多くに「百人一首」が付載されており、こうした点も「百人一首」文化の広がりに厚みを加えることになった（往来型の「百人一首」については、小泉吉永「女子用往来と百人一首」参照）。

近代明治のめくり方——視線の先にあるもの

「百人一首」文化の広がりという点でいえば、やはり絵入りというビジュアル的要素が大きい。今日のマンガ文化と同じである。近世後期は、「遊び」と「学び」がさらに合体しつつ、ステップアップがなされる。絵入り注釈書付の「百人一首」の存在だった。

江戸前期の万治三年（一六六〇）刊行の「万宝頭書百人一首大成」などをかわきりに、風俗画の作者たちによる歌仙絵、さらに錦絵の「百人一首」が登場する。今日もっとも著名な歌川国芳画の「百人一首之内」（天保九年＝一八三八）や田山敬儀（ゆきのり）画「百人一首図絵」（文化四年＝一八〇七）があるが、それらは従来の学問的成果に流麗な筆さばき、そして多色刷りの錦絵の三者が融合したもので、これまでの「百人一首」文化の到達点を物語っているともいいうる。

こうしたことをふまえ、次なる近代明治のめくり方を考えるにあたり、以下のことはおさえておくべきだろう。それは右にふれた絵入りのカルタにしろ、「百人一首絵」にしろ、映像的要素の効果の大きさだ。広く文化が果たす時代へのかかわりの問題である。

より具体的にいえば、例えば近代明治が政治レベルで王政復古を標榜して誕生したことは当然だが、その当然を支えたものが何であったかという問いなのである。さらに簡略にいえば、王政復古、つまり天皇制の再生がどうして可能だったのかということでもある。別のいい方をすれば、文化的存在だった天皇を政治的に再生させた人々の意識の問題につながる。

よく知られているように、近代明治国家は「国民」を創出することになった。日本が宿した過去のさまざまを〝国民の歴史〟とし、記憶の共通分母に組み込むことで、〝国民〟を誕生させたのである。文化の記憶としての「百人一首」は、この問題にかかわる。

ここで天皇制云々という高邁な議論をもち出そうというつもりはないが、いささかでも「百人一首」をかじってみると、中世以来の王朝文化の記憶の根強さが形を変えながらも、点としてあるいは線としてつづいていたことは、理解できると思う。

〝視線の先〟というテーマでいえば、「百人一首カルタ」が語る天皇たちの絵札とそのイメージが良い材料となる。指摘されていることだが、例えば持統天皇のカルタ絵である（吉海直人『だれも知らなかった〈百人一首〉』）。

「百人一首絵」が流布した江戸時代では、多くのカルタ類に描写された人物像はパターン化され、おしなべて、平安王朝風の装束で描かれていた。天智天皇や持統天皇、さらには万葉の歌人たちもふくめ、「古今和歌集」的様式で装飾・加工されている。

天皇歌で登場するお馴染みの顔ぶれも、多くの「百人一首」の作者たちと同様に、公家・貴族的居ずまいで描かれている。そこには〝天皇らしさ〟としての演出はない。つまりは武家全盛の江戸の時代は、無頓着であった。天皇だからといって立纓（りゅうえい）の冠をつけたものや黄櫨（こうろ）染の衣装や宝冠姿のもの（持統天皇の場合）、さらには繧繝縁（うんげんへり）の敷物は目にすることが少なかった。もっとも、江戸も後半の国学的な流れが顕著になると、天皇の図版へのそれなりの配慮も見えはじめることも事実だった。とはいえ、全体の趨勢としては過剰なまでの天皇への意識はなかった。そこには時代の雰囲気があった。「百人一首」文化は、あくまで王朝文化のエキスを代弁するとの健全さがあった。

王政復古にともなう明治の時代は、天皇ならではの過剰な演出がカルタ絵にも本格化する。時代の趨勢といえばそれまでだろうが、天智・持統両天皇の古代万葉調の天皇装束の唐衣の描写のされ方は、単に時代考証上からの精確な図像化とは別の意識が宿されている。果ては持統天皇に御簾（みす）が描かれていることなどは、その最たるものだろう（「聯珠（れんじゅ）百人一首」明治二八年）。

こうした流れに行き尽けば、忠君愛国主義の意思の表明でもある「愛国百人一首」なり「軍人百人一首」という方向が登場する。例えば前者については、昭和一七年に登場したもので「日本文学報国会編」のお墨付きの異種百人一首の一つだ。『万葉集』から明治期にいたる愛国的な歌が撰ばれている。ここでの一番は柿本人麿の有名な「大君は神にしませば天雲の雷の上にいほりせるかも」である。軍国主義的気風にマッチする歌が撰ばれている。

禁じられた恋――「百人一首」の受難

明治の時代と「百人一首」というテーマで多くの書物が引用するのが、『金色夜叉（こんじきやしゃ）』の冒頭での「百人一首」カルタの場面だろう。そして、そこでは男女交際のキッカケの場がこのカルタ会だったと説明されている。現代風では〝合コン〟（合同混合パーティー）ということになるのだろうが、時代の移り変わりを語る象徴的流れとして紹介されるケースといえる。

「百人一首」の変容と広がりという点では、成人男女の出会いの仲介役の栄誉を担っていたことが知られる。それはそれでよいのだが、一方では男女の色恋沙汰を扱う「百人一首」は、教育・修身の場では歓迎されない状況も出てきた。

「百人一首」にとっては、どうやら受難の時代が到来したのだ。〝国民〟を創り上げるために、進取と保守（復古）が種々の局面で同居していたこともたしかだった。だが、明治の時代が標榜した進取と復古の精神は、やがてその均衡が崩れはじめる。近代における「百人一首」の受容の流れは、そのことを知る手がかりを与えてくれそうだ。

明治維新という一大政治変革は単純化すれば、王政復古（天皇再生）と開国和親（文明開化）という両輪で実現した。さしずめ『金色夜叉』のカルタ取りの場面は、開国和親にともなう西欧流の意識が語られていることになる。前述の「聯珠百人一首」に見える天皇を特殊視する構図は、王政復古の風潮の代弁ということになる。そのことはともかくとして、「百人一首」の受難という問題に限定すれば、王朝貴族たちのシンボルである男女和合の恋の歌は、国民意識に反し、教育に有害だとの主張が提起される。

このあたりは〝国民〟を創出することに急務の明治国家のリーダーたちの意識が滲み出ているようでもある。

西村茂樹撰「新撰百人一首」（明治一六年＝一八八三）はその代表だろう。撰者の西村（一八二八―

一九〇二）は、「明六社」（明治六年に創設された啓蒙運動の団体）の進歩的文化人である。儒学・蘭学を修め、文部省で教科書の編纂にもかかわった。伝統的な儒学（朱子学）と進歩的な蘭学（洋学）の両様を身につけた西村の立場は、ある意味では幕末から明治を生きた知識人の典型でもある。

ただし、福沢諭吉をふくめ『明六雑誌』にかかわるメンバーたちが、多く洋学的文明主義ともいうべき開化思想を標榜していたのに比し、西村の場合はいささか異なるようでもある。「日本道徳論」を提唱し、〝国民道徳〟の確立に尽力している点などから、子女教育上での恋愛有害論を唱えている。「新撰百人一首」における恋歌の削除と変更の具体的分析については別にゆずるが（例えば岩井茂樹「恋歌の消滅」）、そもそも「百人一首」自体のうち四三首、つまりは半分近くが恋の歌であったわけで、その限りでは〝新撰〟だった。

西村と同じ傾向を有したのが、蔦廼屋主人撰「修正小倉百首」（明治二六＝一八九三）である。全体の傾向は「新撰百人一首」と似ており、同じくこの時期の教育的配慮とやらをあらためてたしかめることもできる。これ以外にも糸左近「衛生評釈　百人一首」（明治四一＝一九〇八）などにも、恋歌への批判が見える。

当然、これと対をなす見解もあった。例えば大町桂月の「百人一首一夕話に冕す」（明治四四＝一九一一）などがそれだ。

賛否半ばということになろうが、明治も後半になると、〝国民〟意識の高揚とあいまって、王朝的観念と恋愛観との隔たりが大きくなる。素朴、質実、健全と対比される優雅、繊細、柔弱の構図は、このあたりから負の意識として人々の観念に入り込むことになる。前者が武家的、後者が公家的と約言できそうだ。

歴史学の立場でこれまでの行論を整理すれば、「百人一首」への道徳主義の登場は、外向けの文明主義から内向けの文化主義への転換として理解できるかもしれない。すでにふれたように、開国和親(=外向けの文明主義)と王政復古(=内向けの文化主義)の二つをスローガンとした近代明治の国家は、当初は国際協調の路線(文明主義)を選び、その後明治後期の憲法制定前後からは、凍結されていた王政復古の融解が始まることになる。この文化主義にともなうナショナリズム(国権論)の台頭は、文明主義のインターナショナリズムとは、表裏の関係だった(この点は拙著『「国史」の誕生』参照)。

「百人一首」という小さな素材から直接に導き出される結論ではないにしても、この問題のはるか彼方(かなた)には、「百人一首」論を超えて、公家(貴族)、武家(武士)に対する歴史の記憶という日本国が宿す大きなテーマにつながる内容がはらまれているようでもある。このことを最終的に考えるために、今少し「百人一首」の時代層をめくっておきたい。

「歌よみに与ふる書」——正岡子規の復古と革新

貫之は下手な歌よみにて古今集はくだらぬ集に有之候

これは明治後期、俳句や和歌の革新に尽力した正岡子規(一八六七—一九〇二)の「歌よみに与ふる書」（陸羯南主催の新聞『日本』に明治三一年二月一二日～三月四日まで連載、のち『子規全集』第七巻）の一節である。

写実・写生と万葉調を良とする和歌革新論の旗手たる立場から、『古今和歌集』やこれを多く採首する「百人一首」を厳しく批判した。右の一文もその流れのなかで紀貫之「35　人はいさ心も知らずふるさとは花ぞむかしの香ににほひける」を論難したものだ。

子規は『古今和歌集』的世界に共通する観念的・技巧的要素を排し、本来の抒情性への回帰を主唱する。その舌鋒は鋭い。例えば、同じく「百人一首」に載せる凡河内躬恒の「29　心あてに折らばや折らむ初霜の置きまどはせる白菊の花」についても、「一文半文のねうちも無之駄歌に御座候。この歌は嘘の趣向なり」と断ずる。初霜が置いたくらいで白菊が見えなくなるはずはないと語り、同じ嘘ならおもしろく壮大な嘘をつくべきだとして、家持の「6　鵲の渡せる橋に置く霜の白きを見れば夜ぞ更けにける」をほめる。

万葉贔屓の子規ならではの評だが、これ以外にも肝心の定家に関して、「定家といふ人は上手か下手か訳の分らぬ人にて、新古今の撰定を見れば少しは訳の分ってゐるのかと思へば、自分の歌にはろくな者無之」とこれまた手厳しい。あわせて定家以後、門閥が生じた結果「腐敗致候」と断じ、その筆は閉鎖的な近世以降の歌論界、わけても明治期の歌壇の主流をなす香川景樹派の御所（宮廷）歌壇の閉鎖性に向けられる。

根岸短歌会を軸とする子規の活動は、写実・写生という形で明治末~大正期以降の一大潮流となった。明治後期は落合直文(おちあいなおぶみ)の「あさ香社」の系統から与謝野鉄幹(よさのてっかん)が「亡国の音(ね)——現代の非丈夫(ひじょうぶ)的和歌を罵る(ののし)——」(「二六新報」明治二七年)なども登場し、子規と同じく御歌所の歌人たちに批判の鋒先が向けられた。子規と鉄幹は文学史上は同一の線上にいるわけではなかったが、ともに『古今和歌集』的世界を批判した。

すでに紹介した子規の「歌よみに与ふる書」に、その歌論の本質が指摘されている。

歌論史・歌壇史上の位置づけを、ここで云々しようとは思わない(具体的には、例えば北住敏夫「歌論史近代」なども参照)。ただ、先述来の「百人一首」の受容の在り方との関係でいえば、明治後半以降の流れは、江戸期以来の伝統的歌壇に逆風が吹き始めた段階といえる。女性的・技巧的・非丈夫的という、伝統的歌風への批判だ。それは王朝的気風を非とする時代の風潮とも合致していた。

広くいえば、これもまた文明主義から文化主義へのシフトが関係している。知られているように詩歌における近代化の幕開けは、『新体詩抄』(明治一五=一八八二)だった。欧化主義(文明主義)の風潮のなかで西洋流の新体詩の創成を提唱したもので、そうした流れが和歌改良論を育んだ。しかし、こうした漸進的発想とは袂を分かつ形で登場するのが、明治後期の鉄幹なり子規の方向ということになる。

子規が古今調風味の伝統を排し、万葉調のさらなる深い歴層をボーリングしたのは、写実にもとづく〝復古〟を提唱することが、〝革新〟へとつながるという思いがあったからだった。

門外漢の筆者が述べているのは、子規論ではない。彼の歌論を登場させた明治後期の時代性についてである。日清戦争の従軍記者だった子規はその後、明治三〇年代以降、急進的な方向で革新的歌論を展開する。そのあたりの時代性を文化主義というゾーンで整理するならば、質実・素朴風味の非貴族・非王朝の世界とつながることになる。

正岡子規が貫之とは対照的に、実朝の歌を極めて高く評価するのも、右のこととどうやら無関係ではなさそうだ。

子規と実朝

「歌よみに与ふる書」は、実朝を「兎に角に第一流の歌人と存候」と激賞する。例えば『新古今和歌集』より採った「百人一首」の「93　世の中は常にもがもな渚こぐあまの小舟の綱手かなしも」について、

古意古調なる者が万葉以後において、しかも華麗を競ふたる新古今時代において作られたる技倆には、驚かざるを得ざる訳にて、実朝の造詣の深き今更申すも愚かに御座候

（明治三一年三月三日）

実朝の歌の如き力ある歌は詠みいでられまじく候。真淵は力を極めて実朝をほめた人なれども、真淵のほめ方はまだ足らぬやうに存候

（明治三一年二月一二日）

と尋常ならざる褒め方である。そして、その子規が「好きで好きでたまらぬ歌」とするのが、実朝の次の歌だという。

時によりすぐれば民のなげきなり八大竜王雨やめたまへ

（『金槐和歌集』）

なるほど単純・素朴な歌意ながら、東国の首長たる実朝が撫民の意志を八大竜王に祈る力強さが詠ぜられており、子規の趣向がわかるようだ。

実朝の『金槐和歌集』に五七調（万葉調）が少なくないことは知られているが、実朝と『万葉集』のかかわりについては、『吾妻鏡』建保元年（一二一三）一一月二三日条に、定家による実朝への『万葉集』献上の旨が見えており、その二ヶ月前にも定家から和歌・文書等が贈られている。

もちろん定家との師弟関係はすでに承元三年（一二〇九）七月、実朝が定家に自作の五〇首の批判を仰ぐなどしていることからたしかめられる。それにしても、子規も指摘するように、『新古今和歌集』全盛の時代に実朝が万葉調を志向した理由は、やはりおさえておくべきだろう。その一つは王朝とは居所を異にする東国への素朴な想いが、軍事貴族（武家）として意識化されていたと考えるのが自然だ。*

それはともかく子規が「歌よみに与ふる書」で取り上げた実朝の歌は、「山は裂け海はあせなん……」「箱根路をわが越え来れば伊豆の海……」「大海のいそもとどろによする波……」などいずれも写実的かつ雄壮で力強い歌が多い。いわば丈夫風・男性風そして武士風味の趣向ということなのだろう。

子規の万葉主義に関連して、かつて「あらゆる革新は復古の名においてなされた」（桑原武夫『第二芸術』）との指摘があるように、その後の韻文の分野はこの万葉の精神でおおわれることになった。近代の時代精神に合致したということでもあろうか。

この「歌よみに与ふる書」が連載された『日本』（明治二二年創刊）は、「国民主義」を唱え、欧化主義への批判的言説を展開した。いわば明治後期のナショナリズムの高まりと軌を一にしていた。文化主義へのシフトと万葉調への回帰は無関係ではない。これが人々の歴史意識にどう反映するかが問われなければならない。貴族・王朝の対極として武士的なものへと連動する方向が強められてゆくのも、この段階以降のことになる。

「百人一首」の世界が象徴する貴族・王朝の理念は、次第に負の要素を背負わされることになる。打倒されるべき優雅・柔弱なる貴族と勝利するべき質実・雄壮な武家という構図がそれであった。武士は正の遺産として観念されるようになる（この点は拙稿「「武威」と「征夷」」参照）。

＊　従来、実朝の評価に関していえば、王朝への傾きを強めた東国将軍という観点から、武家政権へのコミットの弱さが語られてきた。王朝主義への回帰を拒否する近代の歴史認識が、将軍実朝の歴史的評価を低いものとしたことは否めない。たとえ万葉調の丈夫風の歌を詠んだとしても、和歌それ自体の文化的営為に対する意識が実朝をして、そうした軟弱的な将軍という評価を与えさせてきた。だが、

公武調整の立役者として実朝の担った役割も強調されるべきだと思う。

考えてみれば鎌倉という時代は、鎌倉を中心とする東国の政権（武家）と京都の公家が共存・協調するバランス型の権力国家といえる。実朝死後の初期の段階で承久の乱という公武の武力対立はあったものの、武家は鎌倉北条氏の執権体制のもとで、摂家将軍・親王将軍を頂き、東軍に独自の武家王権を形成していった。

「百人一首」の歴史学

最後に「百人一首」と歴史学、とくに中世史分野での議論を提供しておこう。われわれは「百人一首」を王朝の記憶として解し、その位置づけのなかで、中世という時代の枠組を考えた（Ⅰ章参照）。王朝国家という初期中世（中世の春）に対応した所産という考え方にもふれた。

ここではその「百人一首」の時代たる平安王朝（王朝国家）が、近代明治にどのように見られたかを総括したいと思う。つまりは史学史上での、近代における王朝時代の位置づけである。多分にそれは、王朝人たる貴族を近代はどのような存在として見つめたのかという、すぐれて歴史学的課題でもある。

王朝のイメージとして優雅・繊細・柔弱の語感があることは、すでに指摘した。そのことと、和歌史・歌論史レベルでの『万葉集』の復活・再評価は、無関係ではない。生活に根ざした農民的健全さへの想い、観念・技巧よりは写実を重視する方向は、武家の素朴・質実・健全との対比ということにもなるが、そのぬき難い観念が増幅されるのは、おそらく近代明治の時代精神（思潮）の傾向性と関係すると思われる。

総じてそれは不健全な貴族と健全な武士という対極の構図を創り出すことになった。とくに明治後半には、右の構図が明瞭さをともない教育・文化分野に登場する。

もっとも顕著な事例が、平清盛に代表される平氏の政権と頼朝の鎌倉幕府の評価のちがいだろう。貴族趣味に堕した平家が滅亡し、東国の健全な大地で育まれた坂東武士による新政権こそが新時代＝中世の担い手（主役）となるとの論調だ。

多くの読者が平氏と源氏のそれぞれの政権に対して抱く通念だろう。その背後にある歴史認識は貴族対武士の構図なのではないか。

つまりは克服されるべき貴族と、それを克服すべき武士という対比のなかで語られてきた。平氏の滅亡は何よりも貴族化したからだったとの発想は、右の流れのなかで醸成されたものだった。貴族（王朝）に対してのぬき難い負のイメージが、何にもとづくかはあらためて考えなければならないが、多分にそれが和歌などに象徴される勤労から遊離した世界への批判だろうことは推測できる。

対して武士への高評価は尚武的世界での緊張感という本質的要素に加え、近代国家が国是とした脱亜入欧主義が大きいだろう（この点、拙著『武士の誕生』参照）。武士＝中世という構図を発見することで、西欧封建制との擬似的同一性への演出だった。

封建制の理念は先進の象徴たる西欧諸国と歴史のなかに同化するための方策であり、そのために封建制の担い手たる武士を切り札としようとしたのである。正の遺産としての武士と負の遺産としての貴族、この対比が明治後期から鮮明となる。

だが、これまで述べたところからも明らかなように、貴族を古代的、武士を中世的と解する構図は是正しなければならない。

本書では中世の始発を王朝の時代に設定し、これを〝中世の春〟と解した。この段階には王朝国家という枠組のなかで、後の武士の前身たる兵(つわもの)が登場し、その軍事貴族としての地位を活用しながら、それぞれの職能に対応した支配身分を形成していたからだ。その意味では中世への移行の諸段階の一つだった。画期という点では、一一世紀後半の院政期も、一二世紀末の平氏政権や鎌倉政権もそれぞれに意義があったことになる。時代区分の画期を一つに固定するのはさほど生産的でもない。

源平争乱期の平氏と源氏の対立も前者の古代と後者の中世という構図ではなく、平安期以来の源氏・平氏それぞれの軍事貴族たるかれらの支配権力のヘゲモニーの争奪戦と見るべきであろう。

武家の新しい権力を内部にもった時代は、それまでの中世の春とはまた異なった構図で中世社会を創り出すことになった。源平の争乱をふくむ内乱は、それを選択した時代だった。王朝と同居する平氏型と別居の源氏型のちがいということになる(この点、拙稿「「武威」と「征夷」」参照)。

武士が王朝と同化する前者の方向は、おそらく東アジア的世界と類似した国家のグランドデザインだろうし、後者の鎌倉体制は非アジア的方向ということができる。

こうした論点をふまえるならば、明治以降の近代国家の脱亜への志向と、入欧への方向は、貴族と武士それぞれの見方に影響を与えていることも理解できるはずだ。貴族・王朝主義からの離脱を通じ、アジア世界との別居をはかる意識と重なる。平安王朝への憧憬とは別に、これと訣別する世界が強くなれば、武士や武士道的世界が浮上する。

武士を発見することが、入欧への切り札ということになれば、武家政権礼讃主義が定着する。そして「百人一首」の王朝の時代は、当然ながら、評価としては低くなる。いわば〝冬の時代〟として位置づけられることになる。

貴族的文人主義という武を拒否したところで育まれた王朝の記憶、「百人一首」はその象徴だったわけで、この時代に分け入ることで、別の中世も見出せるのではないか。それは必ずしも、弱者の系譜ではなく武を超越したところに登場したもう一つの中世の流れだったのかもしれない。

百人一首一覧（※は本文で指摘した歌）

1※**天智天皇**（六二六—六七一）
秋の田のかりほの庵の苫をあらみわが衣手は露にぬれつつ〔後撰・秋中〕

2※**持統天皇**（六四五—七〇二）
春すぎて夏きにけらし白妙の衣ほすてふ天の香具山〔新古今・夏〕

3**柿本人麿**（七世紀　天武・持統・文武朝）
あし引の山鳥の尾のしだり尾のながながし夜をひとりかも寝ん〔拾遺・恋三〕

4**山部赤人**（八世紀　聖武朝）
田子の浦にうち出でて見れば白妙の富士の高嶺に雪は降りつつ〔新古今・冬〕

5**猿丸大夫**（九世紀の伝説的歌人）
奥山に紅葉ふみわけ鳴く鹿の声きく時ぞ秋はかなしき〔古今・秋上〕

6※**中納言家持**（七一八—七八五）
鵲の渡せる橋に置く霜の白きを見れば夜ぞ更けにける〔新古今・冬〕

7※**安倍仲麿**（七〇一—七七〇）
天の原ふりさけ見れば春日なる三笠の山に出でし月かも〔古今・羇旅〕

8 **喜撰法師**（八、九世紀の伝説的歌人）
わが庵は都のたつみしかぞすむ世をうぢ山と人はいふなり　〔古今・雑下〕

9※ **小野小町**（九世紀中頃　仁明朝）
花の色は移りにけりないたづらにわが身世にふるながめせしまに　〔古今・春下〕

10※ **蟬丸**（一〇世紀　宇多・醍醐朝期の人）
これやこの往くも帰るも別れては知るも知らぬも逢坂の関　〔後撰・雑一〕

11※ **参議篁**（八〇二―八五二）
わたの原八十島かけて漕ぎ出でぬと人には告げよあまのつり舟　〔古今・羇旅〕

12 **僧正遍昭**（八一六―八九〇）
天つ風雲の通ひ路吹きとぢよをとめの姿しばしとどめん　〔古今・雑上〕

13※ **陽成院**（八六八―九四九）
筑波嶺の峯より落つるみなの川こひぞつもりて淵となりぬる　〔後撰・恋三〕

14※ **河原左大臣**（源融。八二二―八九五）
陸奥のしのぶもぢずり誰ゆゑにみだれそめにし我ならなくに　〔古今・恋四〕

15 **光孝天皇**（八三〇―八八七）
君がため春の野に出でて若菜つむわが衣手に雪は降りつつ　〔古今・春上〕

16 **中納言行平**（八一八―八九三）
立ち別れいなばの山の峯に生ふる待つとし聞かば今帰り来ん　〔古今・離別〕

17※**在原業平朝臣**（八二五―八八〇）

ちはやぶる神代も聞かず龍田川からくれなゐに水くくるとは　〔古今・秋下〕

18**藤原敏行朝臣**（?―九〇七）

住の江の岸に寄る波よるさへや夢の通ひ路人めよくらん　〔古今・恋二〕

19※**伊勢**（八七七頃―九三八頃）

難波潟みじかき蘆のふしの間も逢はでこの世をすぐしてよとや　〔新古今・恋一〕

20※**元良親王**（八九〇―九四三）

わびぬれば今はた同じ難波なるみをつくしても逢はむとぞ思ふ　〔後撰・恋五〕

21**素性法師**（九世紀後半　宇多朝）

今来んと言ひしばかりに長月の有明の月を待ち出でつるかな　〔古今・恋四〕

22**文屋康秀**（九世紀後半　宇多朝）

吹くからに秋の草木のしをるればむべ山風を嵐といふらん　〔古今・秋下〕

23**大江千里**（九世紀末―一〇世紀）

月みれば千々にものこそ悲しけれわが身ひとつの秋にはあらねど　〔古今・秋上〕

24※**菅家**（菅原道真。八四五―九〇三）

このたびは幣もとりあへず手向山紅葉のにしき神のまにまに　〔古今・羈旅〕

25**三条右大臣**（藤原定方。八七三―九三二）

名にし負はば逢坂山のさねかづら人に知られでくるよしもがな　〔後撰・恋三〕

26**貞信公**（藤原忠平。八八〇—九四九）
小倉山峯のもみぢばこころあらばいま一度のみゆき待たなん　〔拾遺・雑秋〕

27**中納言兼輔**（八七七—九三三）
みかの原わきて流るる和泉川いつみきとてか恋ひしかるらん　〔新古今・恋一〕

28**源宗于朝臣**（？—九三九）
山里は冬ぞ淋しさまさりける人目も草もかれぬと思へば　〔古今・冬〕

29**凡河内躬恒**（九世紀末—一〇世紀）
心あてに折らばや折らむ初霜の置きまどはせる白菊の花　〔古今・秋下〕

30**壬生忠岑**（九世紀末—一〇世紀）
有明のつれなく見えし別れより暁ばかりうきものはなし　〔古今・恋三〕

31**坂上是則**（？—九三〇）
朝ぼらけ有明の月と見るまでに吉野の里にふれる白雪　〔古今・冬〕

32**春道列樹**（？—九二〇）
山川に風のかけたるしがらみは流れもあへぬ紅葉なりけり　〔古今・秋下〕

33**紀友則**（？—九〇七頃）
久方の光のどけき春の日にしづ心なく花の散るらん　〔古今・春下〕

34**藤原興風**（九世紀末—一〇世紀）
誰をかも知る人にせん高砂の松も昔の友ならなくに　〔古今・雑上〕

35**紀貫之**（八六八頃―九四五）

人はいさ心も知らずふるさとは花ぞむかしの香ににほひける〔古今・春上〕

36**清原深養父**（一〇世紀前半）

夏の夜はまだ宵ながら明けぬるを雲のいづこに月やどるらん〔古今・夏〕

37**文屋朝康**（九世紀末―一〇世紀）

白露に風の吹きしく秋の野は貫き止めぬ玉ぞ散りける〔後撰・秋中〕

38※**右近**（一〇世紀　村上・朱雀朝）

忘らるる身をば思はず誓ひてし人の命の惜しくもあるかな〔拾遺・恋四〕

39**参議等**（八八〇―九五一）

浅茅ふの小野のしのはら忍ぶれどあまりてなどか人の恋ひしき〔後撰・恋一〕

40※**平兼盛**（？―九九〇）

忍ぶれど色に出でにけりわが恋はものや思ふと人の問ふまで〔拾遺・恋一〕

41**壬生忠見**（一〇世紀前半）

恋ひすてふわが名はまだき立ちにけり人知れずこそ思ひ初めしか〔拾遺・恋一〕

42**清原元輔**（九〇八―九九〇）

契りきなかたみに袖をしぼりつつ末の松山波越さじとは〔後拾遺・恋四〕

43※**権中納言敦忠**（九〇六―九四三）

逢ひ見ての後の心にくらぶれば昔は物を思はざりけり〔拾遺・恋二〕

44**中納言朝忠**（九一〇―九六六）
逢ふことの絶えてしなくはなかなかに人をも身をも恨みざらまし　〔拾遺・恋一〕

45**謙徳公**（藤原伊尹。九二四―九七二）
哀れとも言ふべき人は思ほえで身のいたづらになりぬべきかな　〔拾遺・恋五〕

46※**曾禰好忠**（一〇世紀後半）
由良の門を渡る舟人かぢを絶えゆくへも知らぬ恋の道かな　〔新古今・恋一〕

47**恵慶法師**（一〇世紀後半）
八重むぐらしげれる宿のさびしきに人こそ見えね秋は来にけり　〔拾遺・秋〕

48※**源重之**（?―一〇〇一頃）
風をいたみ岩うつ波のおのれのみ砕けてものを思ふ頃かな　〔詞花・恋上〕

49**大中臣能宣**（九二一―九九一）
みかきもり衛士の焚く火の夜は燃え昼は消えつつ物をこそ思へ　〔詞花・恋上〕

50**藤原義孝**（九五四―九七四）
君がため惜しからざりし命さへ永くもがなと思ひけるかな　〔後拾遺・恋二〕

51※**藤原実方朝臣**（?―九九八）
かくとだにえやはいぶきのさしも草さしも知らじな燃ゆる思ひを　〔後拾遺・恋一〕

52**藤原道信朝臣**（九七二―九九四）
明けぬれば暮るるものとは知りながらなほ恨めしき朝ぼらけかな　〔後拾遺・恋二〕

53※**右大将道綱母**（九三七頃—九九五）
嘆きつつひとり寝る夜の明くる間はいかに久しきものとかは知る〔拾遺・恋四〕

54※**儀同三司母**（藤原伊周母。？—九九六）
忘れじの行く末までは難ければ今日を限りの命ともがな〔新古今・恋三〕

55**大納言公任**（九六六—一〇四一）
滝の音は絶えて久しくなりぬれど名こそ流れてなほ聞こえけれ〔拾遺・雑上〕

56※**和泉式部**（九七八頃—一一世紀）
あらざらむこの世のほかの思ひ出にいまひとたびの逢ふこともがな〔後拾遺・恋三〕

57※**紫式部**（九七三頃—一〇三一頃）
めぐりあひて見しやそれともわかぬ間に雲がくれにし夜半の月影〔新古今・雑上〕

58※**大弐三位**（九九九頃—一〇七七頃）
ありま山猪名の笹原かぜ吹けばいでそよ人を忘れやはする〔後拾遺・恋二〕

59**赤染衛門**（九五八頃—一〇四一頃）
やすらはで寝なましものをさ夜ふけてかたぶくまでの月を見しかな〔後拾遺・恋二〕

60※**小式部内侍**（？—一〇二五）
大江山いく野の道の遠ければまだふみも見ず天の橋立〔金葉・雑上〕

61**伊勢大輔**（一〇世紀末—一一世紀中頃）
いにしへの奈良の都の八重桜けふ九重に匂ひぬるかな〔詞花・春〕

62※**清少納言**（九六六—一〇二五頃）
夜をこめて鳥のそらねははかるとも世に逢坂の関はゆるさじ　〔後拾遺・雑二〕

63※**左京大夫道雅**（九九二—一〇五四）
今はただ思ひ絶えなむとばかりを人伝てならで言ふよしもがな　〔後拾遺・恋三〕

64**権中納言定頼**（九九五—一〇四五）
朝ぼらけ宇治の川霧たえだえにあらはれわたる瀬々の網代木　〔千載・冬〕

65**相模**（九九八頃—一〇六一頃）
恨みわび乾さぬ袖だにあるものを恋に朽ちなん名こそ惜しけれ　〔後拾遺・恋四〕

66**大僧正行尊**（一〇五五—一一三五）
もろともにあはれと思へ山桜花よりほかに知る人もなし　〔金葉・雑上〕

67**周防内侍**（?—一一〇九頃）
春の夜の夢ばかりなる手枕にかひなく立たん名こそ惜しけれ　〔千載・雑上〕

68※**三条院**（九七六—一〇一七）
心にもあらで憂き世にながらへば恋しかるべき夜半の月かな　〔後拾遺・雑一〕

69※**能因法師**（九八八—一〇五八頃）
嵐吹く三室の山のもみぢ葉は龍田の川の錦なりけり　〔後拾遺・秋下〕

70**良暹法師**（?—一〇六四頃）
さびしさに宿を立ち出でてながむればいづくも同じ秋の夕暮　〔後拾遺・秋上〕

71**大納言経信**（一〇一六―一〇九七）

夕されば門田の稲葉おとづれて蘆のまろ屋に秋風ぞ吹く　〔金葉・秋〕

72**祐子内親王家紀伊**（一一世紀後半―一二世紀）

音にきく高師の浜のあだ浪はかけじや袖のぬれもこそすれ　〔金葉・恋下〕

73**権中納言匡房**（一〇四一―一一一一）

高砂のおのへの桜さきにけり外山のかすみ立たずもあらなん　〔後拾遺・春上〕

74**源俊頼朝臣**（一〇五五―一一二九）

憂かりける人をはつせの山おろしはげしかれとは祈らぬものを　〔千載・恋二〕

75**藤原基俊**（一〇六〇―一一四二）

契りおきしさせもが露を命にてあはれ今年の秋もいぬめり　〔千載・雑上〕

76**法性寺入道前関白太政大臣**（藤原忠通。一〇九七―一一六四）

わたの原漕ぎ出でてみればひさかたの雲ゐにまがふ沖つ白波　〔詞花・雑下〕

77※**崇徳院**（一一一九―一一六四）

瀬を早み岩にせかるる滝川のわれても末にあはむとぞ思ふ　〔詞花・恋上〕

78**源兼昌**（一一世紀―一二世紀）

淡路島かよふ千鳥の鳴く声に幾夜寝ざめぬ須磨の関守　〔金葉・冬〕

79**左京大夫顕輔**（一〇九〇―一一五五）

秋風にたなびく雲の絶え間より洩れ出づる月の影のさやけさ　〔新古今・秋上〕

80**待賢門院堀河**（一一世紀—一二世紀半）

長からむ心も知らず黒髪の乱れて今朝はものをこそ思へ　〔千載・恋三〕

81**後徳大寺左大臣**（藤原実定。一一三九—一一九一）

ほととぎす鳴きつる方をながむればただ有明の月ぞ残れる　〔千載・夏〕

82**道因法師**（一〇九〇—一一七九頃）

思ひわびさても命はあるものを憂きに堪へぬは涙なりけり　〔千載・恋三〕

83**皇太后宮大夫俊成**（一一一四—一二〇四）

世の中よ道こそなけれ思ひ入る山の奥にも鹿ぞ鳴くなる　〔千載・雑中〕

84**藤原清輔朝臣**（一一〇四—一一七七）

ながらへばまたこの頃やしのばれむ憂しと見し世ぞ今は恋ひしき　〔新古今・雑下〕

85**俊恵法師**（一一一三—一一九一頃）

夜もすがら物思ふころは明けやらで閨のひまさへつれなかりけり　〔千載・恋二〕

86※**西行法師**（一一一八—一一九〇）

なげけとて月やはものを思はするかこち顔なるわが涙かな　〔千載・恋五〕

87※**寂蓮法師**（一一三九頃—一二〇二）

村雨の露もまだひぬまきの葉に霧たちのぼる秋の夕ぐれ　〔新古今・秋下〕

88**皇嘉門院別当**（？—一二一八頃）

難波江の蘆のかりねのひとよゆゑ身をつくしてや恋ひわたるべき　〔千載・恋三〕

89※**式子内親王**（？—一二〇一）
玉の緒よ絶えなば絶えねながらへば忍ぶることの弱りもぞする〔新古今・恋一〕

90**殷富門院大輔**（一二世紀後半）
見せばやな雄島のあまの袖だにも濡れにぞ濡れし色はかはらず〔千載・恋四〕

91**後京極摂政太政大臣**（藤原良経。一一六九—一二〇六）
きりぎりす鳴くや霜夜のさむしろに衣かたしきひとりかも寝ん〔新古今・秋下〕

92**二条院讃岐**（一一四一頃—一二一七頃）
わが袖は潮干に見えぬ沖の石の人こそ知らね乾く間もなし〔千載・恋二〕

93※**鎌倉右大臣**（源実朝。一一九二—一二一九）
世の中は常にもがもな渚こぐあまの小舟の綱手かなしも〔新勅撰・羇旅〕

94**参議雅経**（一一七〇—一二二一）
み吉野の山の秋風さ夜ふけてふるさと寒く衣打つなり〔新古今・秋下〕

95**前大僧正慈円**（一一五五—一二二五）
おほけなくうき世の民におほふかなわが立つ杣に墨染の袖〔千載・雑中〕

96**入道前太政大臣**（西園寺公経。一一七一—一二四四）
花さそふ嵐の庭の雪ならでふりゆくものはわが身なりけり〔新勅撰・雑一〕

97※**権中納言定家**（一一六二—一二四一）
来ぬ人をまつほの浦の夕なぎに焼くや藻塩の身もこがれつつ〔新勅撰・恋三〕

98**従二位家隆**（一一五八―一二三七）

風そよぐならの小川の夕暮はみそぎぞ夏のしるしなりける　〔新勅撰・夏〕

99※**後鳥羽院**（一一八〇―一二三九）

人もをし人もうらめしあぢきなく世を思ふゆゑにもの思ふ身は　〔続後撰・雑中〕

100※**順徳院**（一一九七―一二四二）

ももしきや古き軒端のしのぶにもなほあまりある昔なりけり　〔続後撰・雑下〕

参考文献一覧（本文掲載順）

Ⅰ章

義江彰夫『歴史の曙から伝統社会の成熟へ』〈日本通史1〉山川出版社、一九八六年
永原慶二監修『岩波日本史辞典』岩波書店、一九九九年
有吉保「百人一首の書名成立過程について」古典論叢会編『古典論叢』創刊号、一九五一年
有吉保全訳注『百人一首』講談社学術文庫、一九八三年
大坪利絹ほか編『百人一首研究集成』和泉書院、二〇〇三年
鈴木知太郎『小倉百人一首』さるびあ出版、一九六六年
津田左右吉『文学に現はれたる我が国民思想の研究』全八冊、岩波文庫、一九七七―七八年
目崎徳衛『百人一首の作者たち』角川書店、一九八三年
折口信夫『古代研究Ⅳ　女房文学から隠者文学へ』中公クラシックス、二〇〇四年
松村雄二『百人一首』平凡社、一九九五年
島津忠夫『新版　百人一首』角川ソフィア文庫、一九九九年
関幸彦『武士の時代へ』〈NHKカルチャーアワー歴史再発見〉NHK出版、二〇〇八年

Ⅱ章

高岡市万葉のふるさとづくり委員会編『大伴家持と越中万葉の世界』雄山閣出版、一九八六年
鈴木哲・関幸彦『怨霊の宴』新人物往来社、一九九七年
関幸彦『蘇る中世の英雄たち』中公新書、一九九八年（のち『英雄伝説の日本史』と改題、講談社学術文庫再録、二〇一九年）
佐藤進一『日本の中世国家』岩波現代文庫、二〇〇七年
保立道久『平安王朝』岩波新書、一九九六年
堀田善衛『定家明月記私抄』〈続篇〉新潮社、一九八八年
関幸彦『ミカドの国の歴史学』新人物往来社、一九九四年（のち『「国史」の誕生』と改題、講談社学術文庫再録、二〇一四年）

Ⅲ章

和田英松『官職要解』明治書院、のち講談社学術文庫（所功校訂）、一九八三年
目崎徳衛『百人一首の作者たち』角川書店、一九八三年
竹内理三『武士の登場』〈日本の歴史6〉改版、中公文庫、二〇〇四年
高群逸枝『招婿婚の研究』大日本雄弁会講談社、一九五三年
島津忠夫『新版　百人一首』角川ソフィア文庫、一九九九年
上坂信男『百人一首・耽美の空間』右文書院、一九七九年
繁田信一『殴り合う貴族たち』柏書房、二〇〇五年
関幸彦「寂蓮法師の嘆き」日本風俗史学会編『風俗史学』通巻一五三号、二〇〇三年

Ⅳ章

津田左右吉『文学に現はれたる我が国民思想の研究』全八冊、岩波文庫、一九七七―七八年
目崎徳衛『百人一首の作者たち』角川書店、一九八三年
関幸彦『武士の原像』〈読みなおす日本史〉吉川弘文館、二〇二〇年
高橋昌明『酒呑童子の誕生』中公新書、一九九二年
関幸彦『蘇る中世の英雄たち』中公新書、一九九八年（のち『英雄伝説の日本史』と改題、講談社学術文庫再録、二〇一九年）
桑子敏雄『西行の風景』ＮＨＫブックス、一九九九年
目崎徳衛『西行の思想史的研究』吉川弘文館、一九七八年
関幸彦『東北の争乱と奥州合戦』〈戦争の日本史5〉吉川弘文館、二〇〇六年

Ⅴ章

井沢蟠竜・白石良夫校訂『広益俗説弁』〈東洋文庫〉平凡社、一九八九年
杤尾武校注『玉造小町子壮衰書』岩波文庫、一九九四年
尾崎雅嘉『百人一首一夕話』上・下、岩波文庫、一九七二―七三年
西野春雄校注『謡曲百番』新日本古典文学大系57、岩波書店、一九九八年
佐成謙太郎『謡曲大観』第1―5巻、明治書院、一九三〇―三一年
乾克己ほか編『日本伝奇伝説大事典』角川書店、一九八六年
元木泰雄「源氏物語と王権」瀧浪貞子編『源氏物語を読む』吉川弘文館、二〇〇八年

角田文衞『二条の后藤原高子』幻戯書房、二〇〇三年
目崎徳衛「在原業平の歌人的形成」『平安文化史論』桜楓社、一九八三年
高橋昌明『平清盛　福原の夢』講談社、二〇〇七年
堀田善衛『定家明月記私抄』新潮社、一九八六年

Ⅵ章

義江彰夫『歴史の曙から伝統社会の成熟へ』〈日本通史1〉山川出版社、一九八六年
横井金男ほか編『古今集の世界』世界思想社、一九八六年
松村雄二『百人一首』〈セミナー「原典を読む」6〉平凡社、一九九五年
吉海直人「百人一首の世界」白幡洋三郎編『百人一首万華鏡』思文閣出版、二〇〇五年
和田英松『皇室御撰之研究』明治書院、一九四三年
白幡洋三郎編『百人一首万華鏡』思文閣出版、二〇〇五年
関幸彦「歴史学以前—近世は中世をどう見たか—」『鶴見大学紀要』41号、二〇〇四年
伊藤正雄『近世の和歌と国学』皇學館大學出版部、一九七九年
佐佐木信綱『和歌史の研究』大日本学術協会、一九一五年
『契沖全集』第6巻、岩波書店、一九七五年
『賀茂真淵全集』第12巻、続群書類従完成会、一九八七年
関幸彦『ミカドの国の歴史学』新人物往来社、一九九四年（のち『「国史」の誕生』と改題、講談社学術文庫再録、二〇一四年）

鈴木知太郎『小倉百人一首』さるびあ出版、一九六六年
島津忠夫「百人一首成立の背景」大坪利絹ほか編『百人一首研究集成』和泉書院、二〇〇三年
小泉吉永「女子用往来と百人一首」白幡洋三郎編『百人一首万華鏡』思文閣出版、二〇〇五年
吉海直人『だれも知らなかった〈百人一首〉』春秋社、二〇〇八年
岩井茂樹「恋歌の消滅」白幡洋三郎編『百人一首万華鏡』思文閣出版、二〇〇五年
『子規全集』第7巻、講談社、一九七五年
北住敏夫「歌論史近代」和歌文学会編『和歌文学講座』第2巻、桜楓社、一九八三年
正岡子規『歌よみに与ふる書』改版、岩波文庫、一九八三年
桑原武夫『第二芸術』講談社学術文庫、一九七六年
関幸彦「「武威」と「征夷」」『反乱か？　革命か？』第七回日韓歴史家会議シンポジウム・国際交流基金、二〇〇七年
関幸彦『武士の誕生』NHKブックス、一九九九年（のち講談社学術文庫再録、二〇一三年）

あとがき

本書の趣旨は、「中世の春、王朝の記憶を繙く」という表現に尽くされている。当初はこの言葉を副題にするつもりだったが、書名をスッキリさせるということでとりやめた。「王朝の記憶」の意味についてでは本編でいく度となくふれたとおりだ。「記憶」などという文学的かつ抽象的表現を用いたが、「百人一首」を介し、王朝時代の諸相について考えることが眼目だった。国文学の独壇場に等しい「百人一首」を歴史学の立場でも考えてみたかったからである。

伝説・説話と歴史学との関係に興味をもっていたことも、広く本書執筆のきっかけとなった。一〇年程前に手習い程度で始めた謡曲・能の影響も多少なりとも肥やしとなっているかもしれない。伝承として語り継がれた人物たちが、能楽の世界にも反映されており、興味をそそられた。そこには『伊勢物語』『平家物語』『源氏物語』などを素材としたものがいかに多いかをあらためて気づかされる。

王朝人の織りなす世界を、和歌の場から考えるために「百人一首」も検討されるべき素材となるはずだろう。難しい表現でいえば、観念としての虚構の実在性が時代にどう作用したのか。こうしたテーマを追究するには、時代の越境が必要となる。専攻している中世史のみでこと足りるわけでもない。

そしてそれにはどうしても文学分野での豊かな成果にも学ぶ必要もある。

そうしたことが本書の動機である。その点では、本書は数年前の拙著『蘇る中世の英雄たち』（中公新書）の延長にあるといえそうだ。

とはいえ、雅（みやび）の世界とはおよそ縁遠い所で仕事をしてきた筆者にとっては、新しい挑戦だった。武士論などを守備範囲としてきた関係で、文学的世界とは一線を画してきたが、ここ数年、多角的な方向から中世を耕すべきだと思いはじめ、説話や伝説の分野にも目配りするようになり、それが本書に結びついたのだろう。

今回、本書を執筆するにあたりとくに国文学分野での「百人一首」に関する膨大な蓄積を目の当たりにして、消化不良も多いと思う。歴史学、国文学それぞれの分野で多くの先行研究を参照させていただいたが、とりわけ目崎徳衛『百人一首の作者たち』（角川書店）、鈴木知太郎『小倉百人一首』（さるびあ出版）の二著の学恩は大きい。それは二つの定点から発せられる燈台の光源にも値するものだった。

史学、文学それぞれの接点を探ろうとする本書の試みにあっては、先達的役割を担うものとなった。本書の具体的叙述のなかには、この二著の孫引き的内容も少なくない。

そもそも本書の構想は大学での生涯学習講座から始まった。〈百人一首の歴史学〉の書名も、その講座からのものである。足かけ三年にわたる講義内容をアレンジして書き加え、整形をほどこした。

それなりの時間がかかってしまった。が何とか一書に仕上げることができた。多くの聴講の方々のなかに、本書の出版をすすめてくださった石浜哲士氏もいた。前著『武士の誕生』以来のご縁で、お世話をいただいた。さらに同じく編集スタッフで細部までチェックをしていただいた五十嵐広美氏にもあらためてお礼を申し上げたい。

この「あとがき」は、本年丑年の年頭にあたって丁度、書き上げている。過去の自身の仕事のさまざまを反芻しつつ牛歩のごとく前に進むしかないようだ。

それにしても、かつてギリシアの歴史家ツキジデス（Thukydidēs）が語った「読者に媚びることなく、世々の遺産たるべく過去を綴る」ことの難しさをいまさらながら痛感させられる。

二〇〇九年夏

関　幸　彦

補論　内乱期・武門歌人たちの諸相

内乱期は源平二つの政治権力を創出した。平氏の清盛（きよもり）の権力は王朝の京都を、そして頼朝（よりとも）は鎌倉をそれぞれに基盤とした。踵（きびす）を接するように二つの武家政権を誕生させた権力は、それぞれに特色を有した。王朝との親和性を有した平家一門の武将たちの和歌を紹介しつつ、武門平家の自己認識を探ること、これが小稿の主題である。この視角を保ちつつ、二つの武家の権力の相違についてもふれるつもりである。これまで筆者は東国の武家についての議論を展開してきた。(1) その点では改めて平氏についてふれる機会を与えられたこともあり、『百人一首の歴史学』での補論執筆にさいし小稿を成すことにした。ここで語った内容は、特段目新しいものではないかもしれない。歴史学と国文学の相互乗り入れについては研究も少なくない。(2) 和歌は貴族の専売特許の如き観があるが、決してそうではない。武士もまた歌を詠じた。当然すぎるこのことを、『百人一首』とは別立てで改めて論じておくことも無駄ではないと考える。

一　王朝和歌への参画度——武家の両政権を推し量る——

歌詠の行為は詮ずるところ、王朝的世界への参画度だった。内乱期に生きた武将たちにとって自身の存在を問うバロメーターともなった。「天下草創」を自認した鎌倉殿頼朝でさえそうだった。このことは後述する。それにしても源平と併称され、内乱期に誕生する武家政権は王朝の中核京都の関係において異なるベクトルを有した。極論すれば「結合」と「非結合」という方向だ。

王朝胎内で成長した武権が平氏政権だとすれば、王権との「結合」を是とした一門の武人は、そこに自己の存立を見出した。そのあたりは『建礼門院右京大夫集』に登場する一門の人々を想起すれば、了解されるはずだ。そこには『平家物語』に登場する一門の顔ぶれも頻繁に見える。それでは今日知られる一門の武将歌人にはどのような人々の歌があるのだろうか。平忠盛以下、著名な人物として、経盛や教盛さらに忠度といった清盛の兄弟たち、あるいは重盛、宗盛、重衡といった清盛の子息たち、さらには孫の維盛、資盛らを挙げることができる。

彼ら平家武将にとって、和歌は公卿に列するための参画表明だった。王朝武将にとって歌才の彫琢は貴族的素養の源だった。その点ではかつてのように、貴族化した平氏の武権について、半古代的云々と評することは当たらない。内乱期が誕生させた二つの武権の性格について、それを時代の差と解することも正しくない。ともども、院政期以降の王朝が内包した二つの権力体だったからだ。

平家の武将歌人たちに話を戻せば、平氏の政権は、王朝と同一基盤に立脚しており、それとの〝親和力〟を前提とした。たしかに平家武将の歌には王朝的共同体への同居を表明するものも少なくない。他方、関東に誕生した鎌倉の権力は、平家とは自らの位置を異にした。その要因は王朝との間に横たわる政治的距離である。前述の「結合」か「非結合」かという議論でいえば、鎌倉幕府と呼称された権力体は明らかに「非結合」で自立の色彩が濃厚だ。あえて両者の武権の本質をディフォルメした場合は、こんな対比も可能となろう。

けれども、その関東を基盤とした鎌倉の権力にあっても、内乱初期の武闘路線から脱却する過程で、源家の権力は王朝への同化が求められる。「幕府」なる呼称に宿された政権の本質は、王権の分肢として王朝の国家体制の一翼を担うことの証しだった(3)。とはいえ、源氏の武将の歌は平家のそれに比べるべくもない。

当然ながら源家武将たちの詠歌は少ない。そこには王朝的世界への参画性の有無が作用した。一門をこぞって公卿に列すること

平氏系図

- 正盛
  - 忠盛
    - 清盛
      - 重盛
        - 維盛 —— 六代
        - 資盛
        - 清経
      - 基盛
        - 行盛
      - 宗盛
        - 清宗
      - 知盛
        - 知章
      - 重衡
      - 徳子
      - 盛子
    - 経盛
      - 経正
      - 敦盛
    - 教盛
      - 教経
      - 通盛
    - 頼盛
    - 忠度
  - 忠正

を志向し、王朝胎内に権力の座を求めた清盛、対して一門を排して王朝とは別立をはかる頼朝の政権構想との差だった。勅撰歌人としての経歴を有した頼朝は自身とその血脈のみに、王朝的共同体の意識を共有化させようとした。別言すれば鎌倉殿のみに忠節を尽くす関東の武士たちは、王朝的共同体から距離を保とうとした。

京都と鎌倉の間の政治的〝隔壁〟の演出こそが、軍事団体の首長たる鎌倉殿の役割でもあった。治承・寿永の乱のおり、京都で無断任官した在京御家人への尾張・墨俣以東の下向禁止のメッセージには、そうした頼朝の政治志向が反映されていた（『吾妻鏡』文治元年〈一一八五〉四月十五日条）。軍事貴族たる鎌倉殿にとって、王朝への〝免疫〟を有さぬ自己の家人たちが王朝権力へと接近することの危惧の表明だった。

関東を基盤とした武家にとって、京都の王朝は悩ましい存在と映じることになる。王朝への参画を極力減じようとする立場からは、当然ともいえる。例えば『吾妻鏡』建久五年（一一九四）、頼朝が家人小山朝政（おやまともまさ）の家に臨んだおり、弓馬の道に秀でた各家に伝えられた武芸の故実を語らせ、所作の統一を命じたという（十月九日条）。「京畿ノ輩」の「見物」にさいし、「東国ノ射手」の手本と示し、「後難」なきように指示を与えたという。この時期は東大寺大仏供養を翌年にひかえた時期だった。関東御家人を率い、上洛する頼朝は住吉社参詣のおり流鏑馬（やぶさめ）を披露することになっていた。「京畿ノ輩」を意識したこの視線は、武家の首長たる頼朝の王朝的秩序への参加の在り方が象徴されている。

頼朝なりの思惑が看取できる。

関東の長者たる自己の立場がどう映ずるのか、あるいは自身が率いた関東の武士たちの流鏑馬での弓馬の所作がどう評されるのかが関心事だった。総じて関東武士たちへの〝調教者〟たる自身の評価にも繋がる問題だった。平氏の政権とは異なる頼朝なりの意思の表明だった。頼朝の王朝への思惑については別に語るとして、以下では、肝心の平家一門の武将たちの和歌の諸相について眺めておこう。

二　平家武将たちの和歌と存念

まずは平忠盛である。『金葉和歌集』（白河院の命で源俊頼が撰、大治二年〈一一二七〉）以下『玉葉和歌集』（伏見院の命で京極為兼が撰、正和元年〈一三一二〉）等々に数首が見える。忠盛については、来るべき平家一門の繁栄の道筋をつけた人物として知られる。白河・鳥羽・崇徳の三代に仕えた忠盛は瀬戸内海賊追討で武功をなし、長承元年（一一三二）には内昇殿を平家一門として許された。

忠盛の作と伝えられる歌の趣向は、発展途上の侍的気質が溢れ出るものが少なくない。

またも来ん　秋を待つべき七夕の　別るるだにもいかが悲しき　（『玉葉和歌集』）

白河法皇崩御のおりの、哀悼歌だとされる。「詞書」には「大治四年七夕の時節に世を去った院を偲んで」とある。敬慕する院との今生での別離の辛さを素直に表明したものとされる。

そこには平家一門の棟梁として、躍進の基礎を与えた白河院への追慕の念が溢れている。軍事貴族たる立場で「兵受領」を歴任し、王朝世界との繋がりを意識する武門歌人の意思が投影されている。あるいは、

思ひきや　雲居の月をよそに見て　心の闇にまよふべしとは　（『玉葉和歌集』）

同じく『玉葉和歌集』に載せるこの歌は、文字通り自身の無念・残念が「心の闇」としてストレートに伝えられている。前記の白河院の哀悼歌より六年ほど前の天治元年（一一二四）の作とされる。そこには内昇殿での五節舞の指名から漏れた口惜しさが滲んでいる。参内が許され「雲居」（宮中）で見るべきはずの月を、他所で眺めざるを得なくなった「心の闇」が伝わる。

『今鏡』（四「宇治の川瀬」）にも載せる右の歌には、忠盛の歯噛みする姿が浮かぶ。ここに紹介した二つの歌のみが忠盛の代表というわけではない。けれども権門以前の平家が武人として王朝的共同体への参入を志向しており、それへの焦りなり悲哀がわかる歌でもある。たしかに忠盛にとって内昇殿は王朝との交わりのステップとなった。

忠盛は武人にして歌人だったが、一門にも歌人の才を開花させた人物がいた。例えば平経盛である。『千載和歌集』（後鳥羽院（ごとばいん）の命で藤原俊成（ふじわらのとしなり）の撰）にも見える歌だ。

いかにせむ　御垣が原に摘む芹の　音にのみ泣けど知る人のなき　（『千載和歌集』）

恋にまつわる想いが伝えられている歌だ（『平家物語』では忠度が詠じた歌ともされる）。「御垣が原」

は大和の歌枕で皇居の意とされる。「摘む芹の音」には万葉的気分が醸し出され、大和人が宮中の后に奉ずる芹に想いを託した歌だとする。見果てぬ高貴な女性への懸想歌でもある。この歌には時と場において仮想性が加味されており、詠み人たる経盛がどの女性への想いを伝えようとしたかは定かではない。とはいえ、候補はいる。二代の后として近衛・二条両天皇に入内した藤原多子である。経盛は「太皇太后宮亮」の肩書を有し、その多子に仕えてもいた。年の差はあるもののあり得ぬ恋心ではない。美貌の故に二条天皇が「天子ニ父母ナシ」（『平家物語』）とまで語り、父後白河院などの周囲の反対を押切って我がものとした女性だった。歌にまつわる解釈は別にするとしても、経盛にもまた「花の都」の王朝歌壇の構成メンバーたる自負があることを看取できる。王朝の中枢「御垣が原」に近仕する自身への誇りとともに、歌壇参画の意識も伝わる。経盛は自らの歌才を満更でもなく肯んじ得た武将歌人だったと思われる。

あるいは、

家の風　吹くともみえぬ木の許に　書き置く言の葉を散らすかな　（『風雅和歌集』）

この歌の背景には王朝歌壇の中心たる御子左家の俊成から、一目置かれたことへの自負があった。和歌撰集にさいし父忠盛の和歌も参考にしたい俊成からの打診を受けて、当の俊成に伝えたのが右の歌とされる。「わが平家の一門は決して歌の名門ではないが、拙い書き残した父の歌さえも噂として広がるものなのでしょうか」……こんな意味だろうか。そこには、武門ながら王朝歌壇に接し得ている平家一門のささやかな誇りが伝わる。

経盛は壇ノ浦において、弟の教盛とともに入水した。ちなみに経盛の二人の子息、経正(つねまさ)・敦盛(あつもり)の両人も『平家物語』が誘涙させた公達(きんだち)だった。後世の『謡曲』的世界でともどもが修羅の主役とされている。敦盛については、「青葉の笛」で知られる。熊谷直実(くまがいなおざね)との一ノ谷合戦で人口に膾炙している。他方、経正も『平家物語』が伝える琵琶の名器「青山」の一件で知られる。

笛にしろ琵琶にしろ、王朝的世界の成員に参加するための楽才だった。前述の経盛の歌に見える「家の風」を披露する場が、例の「五節舞」を含めた伝統の公事(くじ)・儀式だった。だから公卿・殿上人にとっては歌才はもとより楽才もまた必須の素養だった。経正の場合、仁和寺覚性法親王(にんなじかくしょうほっしんのう)（父は鳥羽院）に仕え、琵琶の才能を認められ名器「青山」を下賜された。一ノ谷合戦で敗死した経正と「青山」にまつわる逸話を謡曲『経正』は格調高く演出した。この経正にも存念を伝える歌が残されている。

散るぞ憂き　思へば風もつらからず　花を分きても吹かばこそあらめ

（『玉葉和歌集』）

『玉葉和歌集』の詞書には「賀茂社の歌合に花を詠み侍りける」とあり、治承二年（一一七八）、経正三十代初頭の作とされる。内乱勃発間もない時期とはいえ、その後の平家一門の命運を考えれば、叙景に託された心情の深さが伝わってくる。幼少期より仁和寺に入り仏道的悟りへの希求が詠ぜられている。

「花を分きても吹かばこそあらめ」（仏の教えが花の開くように広がる）……そんな境地になったとき、花が散ることは憂きことながら、自身への諦念として伝えたものだろうか。そんな証悟観さえ看取される。武門の人ながら、王朝的感性が底流に伝わってくる。

「治承」は内乱を画した年号で、平家一門の都落ちまでは数年の時間がある。当該期、一門は王朝内にあって、祖父忠盛や父経盛の時代より成熟の時代にあった。いわば平家一門が朝堂内で頂点を極めていたこの時期、経正には花を散らせる憂き風さえも、仏の道だと達観し受け止める気持ちがあったのかもしれない。花の都にあって朝堂に昇りつめた一門の翳（かげり）を、経正が自覚したうえでの歌とするのは、あるいは深読みに過ぎるだろうか。

一門の斜陽は都落ちで決定的となる。そこから西海合戦をへて、壇ノ浦で終焉を迎える。ただし一門のなかにも闘うことに自己の存立をかけ、武将的気質が全面に押し出た人物がいた。勇猛さのなかに情を解する武将としても知られる、例えば平重衡である。

住み馴れし　古き都の恋しさは　神も昔は思ひ知るらん　（『玉葉和歌集』）

牡丹の中将として名を馳せた重衡の一首だ。『平家物語』（巻八）にも引用される『玉葉集』の詞書には「都を住み憂かれて後、安楽寺へ参りて詠み侍」と見え、一門が鎮西に赴き大宰府に参集、菅原道真（すがわらのみちざね）の安楽寺（天満宮）での連歌奉納のおりの作とされる。都を追われ大宰府で没した道真の憂き身を自らに仮託させ詠じたものだ。神たる道真の辛さを思いやり、一門の再起祈願を託したものだろう。一門にとって京都は「平家世を取って二十年」（謡曲『敦盛』）と伝えられているように、「住み馴れし」日常空間として融け込んでいた。

平家王朝とも呼称される高倉—安徳の系譜により、平家の血脈は王家と分ち難く結びつき王朝的共同体の中軸を担う存在となった。重衡が「住み馴れし古き都」と、観念したのも、新参者とはいえ都と平家は一体のものとなっていたからだ。一ノ谷の戦いで虜された重衡は、やがてはその身柄を南都に送られ斬られたことは広く知られる。途上、鎌倉へ護送され頼朝と対面、凜としたその姿勢に頼朝は心を打たれたという。(4)『吾妻鏡』（元暦元年〈一一八四〉三月二十八日条）にはその重衡が対面のおり「弓馬ニ携ハルノ者、敵ノタメニ虜ヘラルルコト、アナガチ恥辱ニアラズ、早ク斬罪ニ処セラルベシ」と語り、列座の鎌倉御家人を感心させたという。

謡曲『千手』は、『平家物語』やこの『吾妻鏡』の記事を膨らませたもので、白拍子たる千手前に情を懸けた重衡への思慕を作品化したものだ。重衡の饗応役たる藤原邦通・工藤祐経が鼓・今様を奏し、自身も横笛を奏し「五常楽」や「皇麞急」の雅楽に興じたことが見える（『吾妻鏡』元暦元年四月二十日条）。

重衡は自らの運命を受け入れつつ饗応に応え、「後生楽」「往生急」と楽曲の言詞を巧みに置き換えるなど、粋人ぶりを如何なく発揮したとある。『吾妻鏡』が語るこのあたりにも武門の歌人としての真骨頂が窺える。重衡の仏教的素養もさることながら、機智に富む言説や横笛の腕前等々、王朝世界の成員たることを彷彿とさせる。千手前と重衡との間に交わされた情を恋と呼ぶべきか否かはともかくとして、色恋云々も都人たることの資格だった(5)。

平家一門のなかでの恋模様を伝える話は少なくない。『平家物語』はそうした逸話の宝庫でもある。例えば、通盛である。

萌え出づる春の草　主なき宿の埋火は　下にのみこそ焦がれけれ

（『源平盛衰記』）

小宰相局との出逢いをかく詠じ、恋に生きた越前三位通盛の歌とされる。軍記が伝えるものだが、通盛の彼女に懸ける一途な想いについて、「萌え出づる春の草」「埋火」「焦がれけれ」といった語が巧みに組み合わせられている。

平家の公達の色模様が象徴されている歌といえる。通盛の父は清盛の弟門脇中納言教盛だった。武闘派で知られる能登守は、この通盛の異母弟にあたる。通盛は北陸道大将軍として他の平家諸将とともに、北国戦線に赴くが敗北、最終的には一ノ谷合戦で敗死する。右の歌に登場する小宰相局は上西門院（鳥羽皇女統子）の女房で、藤原憲方の娘とされる。

通盛が彼女を見初めたのは一ノ谷合戦の三年ほど前のことだ。上西門院の北野御幸の供奉のおりのこととされる。女院の仲立ちで恋を成就させた通盛は彼女を一ノ谷の戦陣へと誘う。

『平家物語』では合戦前夜、弟の教経に小宰相局との睦びの場を見咎められ、「何ニカヤウニ打解ケテ給フゾ……マシテ物具脱ギ置カレ候テハ……」（この緊急時にどうして同衾されている余裕がありましょうか。まして武具なども付けずにいるとは……）。あるいはかかる状況での負い目もあったのか、通盛は戦場で帰らぬ人となる。小宰相局はその死を悼み、自らも海に身を投じたという。この話に取材したのが謡曲『通盛』だ。恋に生きた武将通盛は見方によれば、あるいは「女々しさ」の代表ということもできる。特に教経の諫言がそうであるように、である。

けれども、果たして通盛的な「女々しさ」は罪なのか。王朝的感性からすれば、恋に生きた通盛は平家武将の貴族としての側面を代弁したことにもなる。(6) ちなみに通盛の嫡妻には内府宗盛の娘がいたが、寿永二年（一一八三）秋の出京のおりには、この小宰相局を西海にともなっていた。「夫婦の契り」とは異なる「仮初めの睦」を選択しただけともいえる。いずれにしても通盛にとってそれが修羅の道に繋がる恋になろうと、一途な情念には「男々しさ」も「女々しさ」も無化されるようだ。

以上、平家一門武将の幾つかの歌を紹介し、王朝の語感に繫がる彼らの自己認識について考えてきた。

三　武門平家の王朝への同化

総じて平家一門が王朝京都の中枢で公卿に列したことが、彼らの作詠上の感性を彫磨させることに繫がった。このことに疑いはない。当然ながらその詠ずる歌々にも王朝への同化が表明されていた。

けれども、忠盛の歌がそうであったように、その一員として受け入れられるための身分上昇への渇望も随伴した[7]。「思ひきや雲居の月」云々などは昇殿への望みを伝えるものだった。権力の中枢へと接近するための武門平氏の苦しい時節が反映されている。そして「平家世を取って二十年」のなかで、その中枢へと駆け上るや、王朝と同化するに至る。

一門の意識は重衡の「住み馴れし古き都の……」云々に表明されている。それは重衡だけの感慨ではなかった。知盛も同様に「住み馴れし都の方はよそながら袖に波越す磯の松風」(『平家物語』)と詠じている。あるいは忠度が「さざ波や志賀の都は荒れにしを昔ながらの山桜かな」(『千載和歌集』)と詠じた気分も、自らが高踏的立場での都人としての慨嘆に他なるまい。

その意味では清盛による平家一門の福原への遷都は興味深い。寺社権門との軋轢回避・入宋貿易の拠点・畿内西道の地理的利点等々の理由があったといえる。そのことに別段の誤りはない。けれども指摘されているように、福原あるいは播磨明石の地への憧憬が小さくなかった。ここは王朝が象徴する『源氏物語』の記憶と分ち難く結びつく場として知られていた[8]。須磨は光源氏の流謫の地であった。仮想現実の地として、ここが観念上・文学上の産物だとしても、源氏的世界は王朝の血肉と同化していた。文学ジャンルに属する事どもを、門外漢が論うことでもない。が、歌枕としても著名なこの場への遷都には、大袈裟に表現すれば文化による政治の包摂か、あるいは政治による文化の包摂といってもよい。そうした事態があったのではなかったか。

高倉―安徳朝の創設という流れの帰着点に平家一門は位置しており、その点からすれば福原への遷都は、新王朝設定にふさわしい場という考え方だった。福原遷都を緊急避難的対応と解する向きがあり、それ自体に異を挿むつもりはないが、武門平家の独自路線への傾きも看取できると思う。その安徳が後に西海へと天子蒙塵の運命に遭遇することになったとしてもである。絵空事ではなく、王朝的土壌で促成栽培された平家一門にとって、切実な願望だったのではないか。長袖に剣を秘す彼らの場合、その除去こそが王朝同化の道だった。貴族以上に貴族たらんとすること。潜在的には王朝人以上に王朝に同化するための算段、その流れのなかに遷都の問題もあったことになる。

このことを考えるにあたり、『建礼門院右京大夫集』も好材料となりそうだ。[9] そこには武門平家の王朝への同化の諸相が活写されているからだ。

この『右京大夫集』は何といっても王朝人の専売ともいえる和歌やそれに纏わる恋歌の宝庫でもある。作者は藤原伊行（世尊寺流）の娘で、建礼門院（平徳子）に女房として仕えた人物として知られる。藤氏や平氏の一門との交流が折々の鋭い観察眼で記されており、随筆的要素も窺える。ここにはまた先にふれた平家一門の主要な顔ぶれが綺羅星のごとく登場する。重盛・維盛そして資盛といった小松家の人々をはじめとして、宗盛・時忠・忠度・重衡も、さらに清経・経正等々の名が随所に溢れている。その点では『右京大夫集』には彼女の視線を介しての平家一門の姿が語られている。[10]
『源氏物語』的世界云々でいえば、「忘らるるまじき今宵」に登場する満開の桜と月明の下での絵巻的世界がイメージできそうだ。維盛の朗詠と笛、経正の琵琶、さらに御簾での女房の琴の合奏の描写には、王朝に同化した平家の公達の姿が浮き彫りにされているからだ。維盛については「み熊野の浦わの波」で語るように、後白河院の五十の御賀で「青海波」を舞うその姿に「光源氏のためし」が指摘されており、華麗なる王朝絵巻を彷彿させる描写が散りばめられている。

そこには宮廷世界との価値の共有が、平安末期には『源氏物語』的感性と切っても切れない関係として浮上していた。いわば、『源氏物語』が醸し出す虚構的観念が実在性をもって支持される環境があったといえる。

『建礼門院右京大夫集』には建礼門院を中心とした宮廷サロンが点描されていた。(11) その点では「男々しさ」も「女々しさ」も包み込む王朝武将たる平家一門の姿が見事に語られている。いささかの回り道を承知でいえば、前節に紹介した平家一門の武将たちの詠歌の背景を『右京大夫集』に垣間見ることができる。

『建礼門院右京大夫集』に登場する平家武将たちの王朝諸行事への参画の姿勢にも、彼らの自己認識が表明されている。日常的営為に溶け込み伝統を背負う振舞は、一朝一夕では難しい。時としてわれわれは、『平家物語』の作為性なり虚構性から平家一門の行動を考える傾向がある。けれども王朝女房歌人の目を通じての叙述からも、王朝世界の成員たるべき自覚が了解される。

武門から出発し、自らの権力を王朝に一員化させた平家の政権は、最終的に長門壇ノ浦で終焉を迎える。東西両朝併立[12]（京都での後鳥羽天皇と西国での安徳天皇）という現実を前提に、頼朝は安徳天皇を擁した平家を「朝敵」として追討する。謀反の政権として出発した鎌倉の権力は、ここに京都王朝側から武家権門としての追認を得ることになる。かくして乱に終止符を打った頼朝は、平氏の政権とは異なる方向をとった。王朝との政治的距離を保持しつつ東国に新たな権力の磁場を構築した。とはいえ、頼朝の鎌倉的秩序も詮ずるところ常に王朝・京都を意識した。京都へのアンテナの張りめぐらせ方が『吾妻鏡』の随所に見える。

その点では「内乱の十年」をへた建久年間は武家である鎌倉政権が「幕府」として国家権力内での軍事権門たる位置づけを与えられた段階だった。建久年間における二度の上洛（建久元年・六年）を通じて、自らを「関東」と呼称、京都王朝との自他の差異を認識させることとなった。「関東」の相対的自立を目ざす鎌倉殿頼朝といえども、王朝との協調路線を否としたわけではない。むしろ「京都」の「関東」への移植を試みようとしている。建久年間での諸種〝武家故実〟の整備もそうである。それは一見「関東」たることの自負の表明なのだが、他方では王朝・京都に向けられた「鄙」の意地でもあった[13]。

それでは、頼朝はその王朝体制とどう対峙しようとしたのか。これまた歌の世界を介して考えることができそうだ。この論点については、別稿「鎌倉殿頼朝の王朝へのまなざし―鎌倉と京都」（福田豊彦・関幸彦編『「鎌倉」の時代』山川出版社、二〇一五年）を参照されたい。

注

(1) 拙著『武士の誕生』(講談社学術文庫、二〇一三年)、『「鎌倉」とはなにか』(山川出版社、二〇〇三年)、『その後の鎌倉』(山川出版社、二〇一八年)、『武士の時代へ』(日本放送出版協会、二〇〇八年)等々がある。

(2) 例えば今回の拙論と深く関わるものとして、国文学の方面では、上宇都ゆりほ『源平の武将歌人』(〈コレクション日本歌人選〉笠間書院、二〇一二年)を挙げられる。拙論を叙すにあたり、平氏一門の和歌については、同著で紹介されているものを参考にさせて頂いた。

(3) この点については拙稿「『鎌倉』とは何か――『鎌倉殿』あるいは『関東』」(『中世文学』五九、二〇一四年)、「『宝剣説話』を耕す―公武合体論の深層」(倉本一宏編『説話研究を拓く』思文閣出版、二〇一九年)等々も併せて参照のこと。

(4) なお、蛇足ながら頼朝による重衡との面会は、同じく武門にありながら都鄙の懸隔を意識する頼朝の重衡への気後れ感もあったのではないか。『吾妻鏡』の端々に語られる、重衡を迎える鎌倉側の〝気遣い〟にそれを感じる。『吾妻鏡』の語るところで頼朝は伊豆に「野出ノ鹿ヲ覧ンガタメ」「境節、北条ニ坐サシメタマフ」とある。その「境節」の気分には〝あえて〟の意志があったのかもしれない。そして正式の鎌倉での対面に先立ち、あえて伊豆の北条館で非公式に面会したのはその現われだった。『吾妻鏡』は勿論のこと、あくまで〝ついで〟の形をとったままでだろう(『同』元暦元年三月二十七日・三月二十八日条)。和歌を詠じ、笛を奏し雅楽にも堪能な貴族的武将との〝間合いの取り方〟を考えたのかもしれない。いささかの穿ちを承知でいえば、頼朝のなかには、そうした意識も相半ばした。小説的言説でいえば、重衡は貴族にして武士たる自己の演出の仕方を心得ていたはずだ。「弓馬ニ携ハルノ者……」云々に自らの語る敗者への自覚と平家一門の武人的気質が覗かれる。

(5) これらの点については拙著『恋する武士 闘う貴族』(山川出版社、二〇一五年)も併せて参照のこと。

(6) 通盛の一ノ谷合戦での行動と小宰相局への懸想の存念についても前掲注(5)を併せて参照。なお、参考までに両人については後にふれる『建礼門院右京大夫集』(八十一「心そめし山のもみじ」)にもふれられている。通盛のために身を投じた小宰相局の心情について、右京大夫自身が女性の立場から語ったものだ。

(7) 別段、この忠盛の歌は平家一門である故の特別なことではない。いうまでもなく武門が広義の軍事貴族的立場を脱し身分的上昇を希求しようとするのは、源氏の一門にも共通する。今回は議論の俎上には据えなかったが、源頼政が残した数々の歌にも、そうした痕跡が残されている。忠盛とは十歳程度の差しかない。両人にとって、あるいは武門に生を享けた者たちが王朝へと同化するための意識には共通するものがあったかと思われる。

「人知れぬ大内山の山守は木隠れてのみ月を見るかな」(『千載和歌集』)。『頼政集』にも載せる著名すぎるこの歌を今更解説する必要もあるまいが、大内守護の立場で詠じた屈折した頼政の想いが凝縮されている。『平家物語』(「宮御最期」)に載せる「埋もれ木の花咲くこともなかりしに身のなる果てぞ悲しかりける」にもその気分が漂う。治承・寿永の内乱の契機ともなった以仁王・頼政の挙兵は、彼の紆余曲折をへたその人生を伝える辞世歌とされている。「花咲くこと」への願望、それは頼政にとって陽の当たる地位に繋がる切望だったに相違あるまい。

頼政の歌については、上宇都ゆりほ「「超越する和歌」―「武者ノ世」に継承された共同体意識」（前掲注(2)）も参照のこと。頼政の人物像は『平家物語』の「鵺」をはじめ多くの説話が残されており、「謡曲」の好材料となっている（この点については、拙著『敗者たちの中世争乱』〈吉川弘文館、二〇二〇年〉も併せて参照されたい）。

(8) 平氏の福原遷都と『源氏物語』の関係性についての指摘は、高橋昌明氏の『武士の成立　武士像の創出』東京大学出版会、一九九九年）・『平清盛　福原の夢』（講談社、二〇〇七年）等々の一連の研究を参照されたい。

(9) 『建礼門院右京大夫集』（『新編日本古典文学全集』小学館、一九九九年）の特色や作者の来歴その他については、解説（久保田淳）を参照のこと。

(10) 彼女の意中の人・資盛については、作中に暗喩されその名は秘されている。よく知られているように資盛は重盛の次男にあたる。『平家物語』には新三位中将として登場する。治承四年（一一八〇）の以仁王・源三位頼政の挙兵にさいし、兄維盛とともに鎮圧の一翼を担った。元暦二年（一一八五）三月の壇ノ浦の決戦で一門の人々とともに入水し果てた。二十八歳とされる。『建礼門院右京大夫集』には、その資盛への思慕の念を語る歌も収められている。例えば父重盛とともに熊野参詣の後も、訪れが途絶えたおりには、右京大夫は資盛のもとへ「忘るとはきくともいか丶み熊の丶浦の浜ゆふ恨かさねむ」との歌を詠じている。

(11) 右京大夫の生没年は定かではない。作品は「高倉の院御位のころ、承安四年（一一七四）などといひし年にや」から始まる。彼女が建礼門院に仕えた時期は平家一門の全盛があり、年下の想い人資盛との愛が育まれたものの、一方で宮中を退去した時期は、一門の落日が決定的となる時期にあたる。この作品に語られている王朝的日々は、まさしく一門の折々の華々しき諸相が切り取られている。随所で引用される『源氏物語』的世界を通じ、あるいは維盛の姿に光源氏を重ねる描写も見える（四「花の姿」、三十四「軒端のもみじ」、百五「み熊野の浦わの渚」）。

(12) この「東西両朝」云々の表記は、明治期の歴史家重野安繹・久米邦武・星野恒の手になる『国史眼』（一八九〇年）での表現だ。建武体制瓦解後の「南北朝両朝」との対比からの表現と解される。ちなみに『国史眼』の史学史的位置づけに関しては拙著『国史の誕生』（講談社学術文庫、二〇一四年）を参照。

(13) 例えば建久年間における永福寺建立もそうである。奥州合戦後の鎮魂云々とは別に浄土庭園を有する一種の迎賓的役割も与えられており、王朝的疑似空間の創出が試みられたと考えられる（この点については拙著『鎌倉殿誕生』山川出版社、二〇一〇年）。あるいは鶴岡八幡宮の儀式整備の過程における王朝雅楽の〝移植〟もそうだろう。建久四年（一一九三）、京都から多好節が下向、頼朝は神楽の楽曲伝授の要請を命じた。同時に大江久家を京都に派し、秘曲相伝の件も令達している（『吾妻鏡』建久四年十月七日条）。

復刊に際して

ＮＨＫブックス『百人一首の歴史学』は、二〇〇九年（平成二十一年）の出版だから、かれこれ十年余が過ぎたことになる。今回、吉川弘文館〈読みなおす日本史〉シリーズとして再び世に出る機会を頂いた。ありがたいと思う。旧著は歴史学と国文学との接合を試みたものだ。国文学の専域ともいえる和歌の世界を横目で眺めつつの仕事だったが、それなりの収穫を得ることができた。お読み頂いた方々にはわかると思うが、そんな目的もあって上梓したものだった。

「百人一首」の歌々の文学的吟味云々よりは、歌の背後にある歴史的状況や作者の来歴といった部分に焦点を据えたものだった。類書が無かったわけではなかったが、自身にとって新たな裾野にチャレンジできたと考えている。俄仕立てではあったが「百人一首」研究の厚みに驚かされたことも記憶している。特にⅥ「『百人一首』に時代をめぐる」の章にあっては、近世以降の文学史・歌学史の消化に苦労したことを覚えている。本書の目新しさは「神と人」「男と女」「都と鄙」「虚と実」といったⅡ章からⅤ章にわたる構成だと思う。強引な〝こじつけ〟が無かったとはいえないが、歌や作者たちをシャッフルして、主題を設定することで、幾つかの切り口を提案できたと考えている。

中世史分野での研究成果を汲み上げつつの試掘作業でもあり不安は今もって消えないが、自身の研究の耕やしに資することになったことは間違いない。

出版当時、新聞紙上でもそれなりの好評を頂いた。今回、新しく出版するにさいして、旧版の図版等も掲載させてもらったが文中の表現や系図等での誤りについては、最小限の訂正にとどめることにした。最後に補論を付記した。再版に向けて、『百人一首』には登場しない平家一門の武将たちの歌を紹介しつつ、平氏の政権の特質を探る素材とした。充分に吟味し煮詰めた内容ではないが、「百人一首」関連のものとしてお読み頂ければありがたいと思う。

二〇二一年夏

関　幸彦

本書の原本は、二〇〇九年に日本放送出版協会より刊行されました。

著者略歴
一九五二年生まれ
一九八五年　学習院大学大学院人文科学研究科博士後期課程満期退学
現　在　日本大学文理学部教授

〔主要著書〕
『東北の争乱と奥州合戦』(吉川弘文館、二〇〇六年)、『武士の誕生』(講談社学術文庫、二〇一三年)、『その後の鎌倉』(山川出版社、二〇一八年)、『英雄伝説の日本史』(講談社学術文庫、二〇一九年)、『敗者たちの中世争乱』(吉川弘文館、二〇二〇年)

百人一首の歴史学

二〇二一年(令和三)九月一日　第一刷発行

著　者　関(せき)　幸(ゆき)　彦(ひこ)
発行者　吉　川　道　郎
発行所　株式会社　吉川弘文館
郵便番号一一三―〇〇三三
東京都文京区本郷七丁目二番八号
電話〇三―三八一三―九一五一〈代表〉
振替口座〇〇一〇〇―五―二四四
http://www.yoshikawa-k.co.jp/
組版＝株式会社キャップス
印刷＝藤原印刷株式会社
製本＝ナショナル製本協同組合
装幀＝渡邉雄哉

ISBN978-4-642-07166-6

読みなおす
日本史

刊行のことば

　現代社会では、膨大な数の新刊図書が日々書店に並んでいます。昨今の電子書籍を含めますと、一人の読者が書名すら目にすることができないほどとなっています。ましてや、数年以前に刊行された本は書店の店頭に並ぶことも少なく、良書でありながらめぐり会うことのできない例は、日常的なことになっています。

　人文書、とりわけ小社が専門とする歴史書におきましても、広く学界共通の財産として参照されるべきものとなっているにもかかわらず、その多くが現在では市場に出回らず入手、講読に時間と手間がかかるようになってしまっています。歴史の面白さを伝える図書を、読者の手元に届けることができないことは、歴史書出版の一翼を担う小社としても遺憾とするところです。

　そこで、良書の発掘を通して、読者と図書をめぐる豊かな関係に寄与すべく、シリーズ「読みなおす日本史」を刊行いたします。本シリーズは、既刊の日本史関係書のなかから、研究の進展に今も寄与し続けているとともに、現在も広く読者に訴える力を有している良書を精選し順次定期的に刊行するものです。これらの知の文化遺産が、ゆるぎない視点からことの本質を説き続ける、確かな水先案内として迎えられることを切に願ってやみません。

二〇一二年四月

吉川弘文館

読みなおす
日本史

読みなおす
日本史

読みなおす
日本史

読みなおす
日本史

鎌倉幕府の転換点 『吾妻鏡』を読みなおす
永井 晋著 二二〇〇円

奈良の寺々 古建築の見かた
太田博太郎著 二二〇〇円

日本の神話を考える
上田正昭著 二二〇〇円

信長と家康の軍事同盟 利害と戦略の二十一年
谷口克広著 二二〇〇円

軍需物資から見た戦国合戦
盛本昌広著 二二〇〇円

武蔵の武士団 その成立と故地を探る
安田元久著 二二〇〇円

天皇家と源氏 臣籍降下の皇族たち
奥富敬之著 二二〇〇円

卑弥呼の時代
吉田 晶著 二二〇〇円

皇紀・万博・オリンピック 皇室ブランドと経済発展
古川隆久著 二二〇〇円

日本の宗教 日本史・倫理社会の理解に
村上重良著 二二〇〇円

戦国仏教 中世社会と日蓮宗
湯浅治久著 二二〇〇円

伊達政宗の素顔 筆まめ戦国大名の生涯
佐藤憲一著 二二〇〇円

武士の原像 都大路の暗殺者たち
関 幸彦著 二二〇〇円

海からみた日本の古代
門田誠一著 二二〇〇円

鳴動する中世 怪音と地鳴りの日本史
笹本正治著 二二〇〇円

本能寺の変の首謀者はだれか 信長と光秀、そして斎藤利三
桐野作人著 二二〇〇円

餅と日本人 「餅正月」と「餅なし正月」の民俗文化論
安室 知著 二四〇〇円

古代日本語発掘
築島 裕著 二二〇〇円

夢語り・夢解きの中世
酒井紀美著 二二〇〇円

食の文化史
大塚 滋著 二二〇〇円

後醍醐天皇と建武政権
伊藤喜良著 二二〇〇円

南北朝の宮廷誌 二条良基の仮名日記
小川剛生著 二二〇〇円

吉川弘文館
（価格は税別）

境界争いと戦国諜報戦　盛本昌広著　二二〇〇円

邪馬台国をとらえなおす　大塚初重著　二二〇〇円

百人一首の歴史学　関　幸彦著　二二〇〇円

江戸城　将軍家の生活　村井益男著　（続　刊）

沖縄からアジアが見える　比嘉政夫著　（続　刊）

吉川弘文館
（価格は税別）